AF151004

ALPHA BRAVO CHARLIE

Bibliografische Information der Deutschen Nationalbibliothek

Die Deutsche Nationalbibliothek verzeichnet diese Publikation in der
Deutschen Nationalbibliografie; detaillierte bibliografische Daten sind
im Internet über http://dnb.dnb.de abrufbar.

TINE MELZER

Alpha Bravo Charlie

Roman

Neun Uhr siebzehn

Für eine Landschaft braucht es Bäume, sagt der Inhaber des Modellbauladens, *etwas Gebüsch, ein paar Felsen und einen kleinen Bach.* Den Miniaturgrasstaub in kleinen Plastiktüten und die Dose mit Kunststoffwasserimitat habe ich gerade gekauft, auch die Bauplatte, als Fundament. Miniaturlaub ist ausverkauft, Schnee gibt es keinen. Meine Papiertragetasche ist voller Zutaten für die ideale Landschaft, zu der mich der Ladenbesitzer ermuntert: *Es wird immer schön, wenn es selbstgemacht ist.* Ich bitte um sehr kleine Menschenfiguren, kleiner als das übliche Modellbaupersonal. Er ist enttäuscht, weil er die letzte Packung 1:200 nicht finden kann. Selten, dass ein Kunde darum gebeten habe in den letzten Jahren, *so was will schon lange niemand mehr.* Ich kaufe erst mal zwölf Menschen, vielleicht brauche ich sie später doch noch, auch wenn sie im Format 1:65 eigentlich zu groß sind für den Maßstab in meinem Kopf.

Jede Landschaft kenne ich nur flüchtig, ich kann sie nicht beschreiben. Draußen ist nichts flach, nichts unbewohnt. Es ist kein weiter Weg, eine halbe Stunde mit der Tram ans andere Ende der Stadt, vom Modellbauladen am Berg zurück nach Hause. Die Tramfahrt muss sein. Auf der Tagesfahrkarte des öffentlichen Nahverkehrs steht der Tarif, darunter das Wort *Erwachsene.*

5

Diese Kategorie erscheint mir ungenau, *Ausgewachsene* wäre treffender.

Ich sitze inmitten anderer zufällig Anwesender, die wie am Strand mit maximalem Abstand zueinander Platz nehmen. Die Tram leert sich, je weiter es nach Norden geht. Nun sitzen manchmal Fremde vereint nebeneinander gegenüber einer leeren Sitzbank und schweigen. Als ich dem Passagier vis-à-vis auf die Schuhe schaue, denke ich gerührt an das tägliche Auf- und Zubinden der Schnürsenkel.

Abweisend wirken, kein Blickkontakt, nur mit den eigenen Leuten sprechen und dafür sorgen, dass es nicht zu viele werden. Fremde akzeptieren, wenn es einen Vorteil bringt. Jedes Lächeln muss sich lohnen. Zuspruch brauche ich nur von engsten Freunden. Nichts geht in mich hinein, ohne von mir gedacht oder gefühlt zu werden. Ich brauche mich auf eine unheimliche Weise. Die Welt ist schön, wenn die Menschen sich leise darin bewegen. Kein Wort soll lauter sein als die Stimme der Meeresbrandung an einem milden Tag. Ich lebe an einem See in den Bergen.

Als ich meinem Neffen einmal ein Schlaflied sang, ergriff mich eine Traurigkeit, die mich seither nur selten loslässt. Sie lockert ihren Griff nur beim Anblick frischer Prussiens, beim Tanz mit einem Fremden und wenn ich im Radio zufällig die Goldbergvariationen höre. Onkel sein, aber kinderlos, ist eine gute Rolle für mich. Ein paarmal im Jahr kann ich einem Kind ein Eis kaufen und es ein-, zweimal auf dem Riesenrad fahren lassen. Das hilft gegen die Langeweile. Als pensionierter Kurzstreckenpilot bleibt mir sonst wenig zu tun. Ein ehemaliger Busfahrer der Lüfte, ein ehemaliger Ehemann. *Zivile Luftfahrt* klingt so friedlich, dabei sind viele Flugpassagiere zu Hause unausstehlich.

Auch in diese Gesellschaft gehöre ich nicht: Gartenvereine, Musikklubs, Kirchenchöre, Wellness-Oasen, Labyrinthe, Einkaufspassagen, Haltestellen. In der Tram halte ich es aus, da will ja niemand umsonst sein.

Meine Einkaufstasche steht zu meinen Füßen. Die verpackten Landschaftsbestandteile sehen von oben aus wie irgendwelche Lebensmittel 1:1. Ich bin zu spät dran für eine gewohnheitsmäßige Ansicht vom Boden aus, entlang des Horizonts und auf ihn zu. Von der Seite, in die Ferne, auf einen Fluchtpunkt hin, horizontal und gestaffelt vor dem Himmel, ist das Land eine *-schaft*. Auf Bildern liegt jeder Horizont still da. Auf Malereien stilisiert, auf Fotos als Erinnerungsbruchstücke, rechteckig ausgeschnitten. Im Panorama der Tramfenster liegt eine Landschaft, die mich umgibt. Ich trage neuerdings eine Lesebrille bei mir.

Neun Uhr sechsundvierzig

Zu Hause lege ich die Holzplatte auf den Küchentisch, sie passt leicht darauf. Eine kleine Spraydose Elfenbeinfarbe wird später darüber entscheiden, ob die Landschaft im Winter liegt. Ist Schnee nicht noch weißer als Elfenbein? Der gelbliche Lack ist kein guter Ersatz für Pulverschnee aus der Tüte.

Seit ich mich für diese Landschaft entschieden habe, gehen die kleinen Verrichtungen des Tages leichter von der Hand. Nach dem nächsten Kaffee fange ich an. Die Zeitung sieht mich fordernd an und will mir von gestern berichten. Mein schlechtes Gewissen, den Wirtschaftsteil zuletzt oder gar nicht zu lesen. Meine Ungeduld damit, Zeit dafür auszugeben, keinem zu helfen. Wegsehen ist eine kollektive Handlung, der nicht-gegangene Trampelpfad. Manche meiner früheren Kollegen treiben Sport oder Enkelkinder durch den Zoo und sehen gesund dabei aus. Auch ihre Haare fallen aus, aber sie wirken glücklicher. Sie haben ein Tagesprogramm, sitzen morgens zusammen mit den Pendlern in vollen Zügen und sind oft nur am Schuhwerk und an ihrer Gesprächigkeit von jenen zu unterscheiden.

Als Zuhausebleibender stelle ich mir vor, wie hilflos ich wäre, wenn ich fliehen müsste, ohne Kreditkarte und Wanderschuhe. Also bleibe ich daheim und schäme mich für mein angetrocknetes Frühstücksgeschirr und die zu große Wohnung. Für wen mache ich morgens mein Bett? Im Kopf ist alles zur Übersichtlichkeit verkleinert, zerkleinert zu Postkartenausschnitten der Welt. Abstandnehmen soll helfen, wenn einem etwas zu nahe geht.

Den Musikgeschmack meines Nachbarn kenne ich besser als sein Gesicht. Sein Radio steht am geöffneten Fenster, und weil es heute zu mild ist für einen Tag im frühen März, höre ich, was er hört. Mir wäre es lieber, meinen Musikgeschmack nicht mit Fremden teilen zu müssen, dann könnte ich sie leichtfertiger ablehnen. Der Nachbar und sein Radio sind keine Gründe, umzuziehen. Die Musik des Nachbarn ist zwar nicht immer meine erste Wahl, aber sie ist ja nicht nur für uns aufgelegt. Pop und damit verbundene Erinnerungen an früher. Ich finde mich damit ab, wie mit dem Wetter, und je schöner es ist, desto mehr höre ich vom Radio. Meistens lauschen wir den Gesprächen wichtiger Menschen, meist Männer, Wissenschaftler, Künstler und Profisportler, hören Politiker ins Mikrofon sprechen und Berichte aus der Ferne, die manchmal im nächsten Stadtviertel liegt.

Aus dem Radio des Nachbarn singt Nik Kershaw *Wouldn't it be good to be in your shoes?* Meine habe ich angelassen. Heute sind es die schwarzen Lederschuhe, Budapester. Die Schnürsenkel sind rot, seit die schwarzen gerissen sind. Mein Hemd ist weiß, und ich trage keinen Gürtel. Oma hat mich mit einem Gürtel an den Küchentisch gefesselt, wenn sie länger weg war. Ich war noch nicht in der Schule, und ich habe niemandem gefehlt.

Der Flur ist leer, bis auf die Zeitungsstapel und den Garderobenhaken, an dem die ausgediente Kapitänsmütze hängt, als würde sie noch gebraucht. In einer Reihe stehen Schuhe wie treue Paare nebeneinander, Spitzen zur Wand, Innenseiten einander zugewandt. So müssen sie warten auf meine Füße. Durcheinanderliegende Schuhe kann ich nicht tolerieren, nicht aus Ordnungssinn, sondern aus Mitgefühl. Sehe ich leere Schuhe, stelle ich mir die unbequeme Beinhaltung des Menschen vor, der darin steckt. Wenn niemand zusieht, korrigiere ich den Schuhstand der Nachbarn im Treppenhaus.

Mein Staubsauger ist kaputt, und ich habe keine Geduld, ihn zu flicken. Die Landschaft braucht mich jetzt dringender. Seit ich nicht mehr fliege, fehlt mir die Übersicht. Bis vor Kurzem konnte ich so oft fliegen, wie ich wollte. Ich konnte täglich nachschauen, ob die Welt noch eine Kugel ist. Ich mochte es, wie die Städte nach dem Start kleiner wurden, die Menschen darin zu *wissen*, ohne sie zu *sehen*. Nicht einmal vom Cockpit konnte ich Grenzen erkennen, mal trennt ein Fluss zwei benachbarte Länder, aber den Feldern und Hügeln konnte ich nicht ansehen, welche Sprache da unten gesprochen wird. Ich verhalte mich still, sobald meine Kenntnisse in Geografie an ihre Grenzen stoßen. Das Baltikum, die Anden, Ozeanien. Aber ich weiß, wo die Polkappen liegen. Die Menschen reden über Geografie, als wären sie stolz darauf, dass sie etwas so Großes wie den ganzen Planeten in ihren kleinen Köpfen behalten können. Dabei übersehen sie, dass auch Erdkunde ein Modell ist.

Wann immer ich nicht selbst als Kapitän im Dienst war, durfte ich im Cockpit zwischen zwei Kollegen auf dem *Jumpseat* mitfliegen. Ich bekam den gleichen Lunch wie sie: eine kleine Cola und Curryreis. Beide Kollegen legten sich die Krawatte links über die Schulter, damit sie damit keine Flecken fingen. Ich hatte frei und trug freiwillig keine. Auch heute bin ich ohne Krawatte unterwegs gewesen. Ich besitze noch ein paar, die schwarze für die immer häufiger werdenden Begräbnisse. Die rote, die ich nie trage, die hellblaue für fröhlichere Feiern.

Ich übe die alten Bewegungen an neuen Tagen, sinnlos und absichtlich langsam, obwohl oder weil niemand es sieht. Es fehlt mir, kein Publikum zu haben, keine Crew und keine Passagiere, die anerkennend einen Blick ins Cockpit werfen oder noch lieber in meine Augen, die hellen grauen unter der Dienstmütze.

Ich lasse meine dunkelblaue Gabardine-Hose an, obwohl ich auf etwas Schmutz gefasst bin, und hole das Werkzeug aus dem Salon. Dort, im großen Wandschrank, sind Sägen, Hammer, Schraubenzieher und ein kleines Lager für Elektrikzubehör. Ich vermisse den Staubsauger.

Neben dem Schrank steht eine Jukebox. Mein Nachbar hat sie mir geliehen, um mich auf andere Gedanken zu bringen und um sicherzugehen, dass ich bei den anderen Gedanken bliebe. Danach ging er in seine Wohnung zurück und wünschte mir Glück. Bei den *Bee Gees* dachte ich zuerst, die Platte werde zu schnell abgespielt, bei *Satisfaction* fühlte ich mich für drei Minuten vierundfünfzig Sekunden wie ein Auserwählter. Und das war ich auch: auserwählt von einem Zufallsgenerator. Der Nachbar kennt mich besser als erwartet.

Und wir haben neuerdings noch zwei Dinge gemeinsam: eine Brille und Zeit. Auch er ist erst seit Kurzem pensioniert. Er muss gemerkt haben, dass ich es mag, nur über eine begrenzte Auswahl an Liedern zu verfügen. Deshalb mag ich auch sein Radio, weil ich die Musik nicht mitbestimmen kann. Wunschsendungen! Ja, aber mir wäre es zu intim. »Guten Tag, hier spricht der Johann, ich wünsche mir *Nowhere Man* von den Beatles.« Nein, so nicht.

An der Wand im Salon hängt ein Elchgeweih aus Skandinavien. Ich jage nicht, aber mein damaliger Nachbar in Finnland fand, ich solle zum Abschied etwas mitnehmen, was mich an die Schönheit der Natur erinnert. Ich habe immer noch Heimweh nach den Orten, an denen ich früher einmal zu Hause war.

Ans Fenster geklemmt, hoffe ich auf die Müdigkeit der anderen und darauf, nicht erkannt zu werden. Ich schaue hinaus, aber ich kann die Landschaft nicht mehr sehen. Die Landschaft da draußen ist spektakulär, sie hat es verdient, vom Menschen gepflegt zu werden. Es steht ihr gut, wie Wiesen und Felder auf ihr liegen, die ohne uns Menschen längst Wälder und von Wildschweinen bevölkert wären. Erst der Flug wildbrütender Vögel lässt mich glauben, auch die Landschaft unter ihren Flügeln sei natürlich. Sie geben noch dem gepflegtesten Kulturgebiet einen Hauch von Gottgewolltheit und Authentizität. Ich erkenne die Vogelart nicht genau, aber ich sehe etwas segeln, als dunkle symmetrische Tierchen ohne Oberseite und Alter.

Wenn ich aus dem Küchenfenster schaue, sehen die Köpfe der Spaziergänger zu klein aus zum Denken. Die Oberflächen und Muster ihrer Kleider werden zu dunklen Flächen, oder sie sind rot. Die Zigarette des Mannes an der Haltestelle scheint nicht kürzer zu werden. Er hat sein langes Haar zu einem losen Zopf zusammengefasst, aber keine Zeit, seine Schnürsenkel zu binden. Was sage ich da – natürlich trägt er Turnschuhe mit Klettverschluss!

Aus der Ferne sehen Hände und Füße endlich so aus, wie sie heißen: *Extremitäten*. Alle Menschen sind tragende Tiere. Jeder hat ein Säckchen dabei, umgehängt oder aufgeschnallt. Alle schleppen etwas von einem zum anderen Ort. Meine Bewunderung gilt jenen, die ohne Tasche aus dem Haus gehen. Wer nichts trägt, sieht überlegen aus. Nur manche sind überall zu Hause, nicht weil sie alles mithaben, sondern nichts unbedingt brauchen. Einen Hausschlüssel, eine Jacke, ein Telefon.

Nur ich besitze einen Schlüssel zu dieser Wohnung, die ich meine nenne, weil ich Miete zahle. Ich wohne auf Zeit und allein, auf Abruf. Früher hatte auch meine Frau einen Schlüssel zu dieser Wohnung. Seit sie weg ist, kommt mir die Küche größer vor. Ich bin fast nur noch hier, der Salon könnte eines Tages verschwunden sein, ohne dass ich ihn vermisse. Das Bett könnte im Flur stehen.

Manchmal lese ich dann doch den Wirtschaftsteil und fühle mich wie ein fleißiger Mann. Da kommt es vor, dass mir das Klischee vom glücklich Geschiedenen gut gefällt. Ich bin noch unrasiert, dafür mit Zigarette und Kaffee. Und wenn ich besonders verwegen sein will, morgens gleich nach dem Aufstehen, wärme ich mir zwei Knackwürste und esse sie mit scharfem Senf.

Irgendwo im Schrank lagert noch Gips. In meinem Modell soll es ein paar Hügel geben, wie aus großer Höhe gesehen. Nur im Flachland kann man nichts verbergen. Ich baue eine Miniaturlandschaft, weil ich weit weg sein will. Wenn sie fertig ist, sollen die grünen pel-

zigen Hügel seitlich angestrahlt werden von der Klemm-
lampe über dem Herd. Die Wiese wird sogar schöner
sein als die bei Antwerpen. Es tut mir leid, dass ich
mein früheres Leben vermisse, aber es ist niemand da,
den das stört. Selbst Alleinsein ist ein pelziger Zustand.

Zehn Uhr eins

Die Kirchturmuhr schlägt wieder zur vollen Stunde. Heute bin ich froh, mich für niemanden rasieren zu müssen. Und darüber, dass mich die Kirchenglocken nicht stören, weil sie nicht mich rufen. Ich bin stolz darauf, einmal der eigenen Unfähigkeit im Durchhalten entkommen zu sein. Modellbau heißt dem Klischee nach: Flucht in die Harmlosigkeit. Ausblenden aller politischen Fragen, der Tüftler im Keller, dabei sitze ich doch am Küchentisch. Anstatt mich zur letzten Wahlmanipulation auf dem Kontinent nebenan zu äußern, schneide ich die Packung mit den Grasflocken auf. Statt mich für Datenschutz zu engagieren, lege ich eine grüne Waldmatte auf der Holzplatte zurecht, auf der die Aussicht entstehen soll. Die Zeitung vom Vortag liegt unter dem Klebespray. Der Wetterbericht mit den Klimakarten schützt die Tischplatte vor dem Leim. Ich lese die Zeitung wie eine Landkarte. Die Städtenamen kommen mir vor wie Neuigkeiten von gestern. Ein Tandem gibt es nicht im Maßstab 1:200.

Der Tisch ist sehr groß. Eine Familie mit vier Kindern könnte bequem daran zu Abend essen. Ich sitze immer auf demselben Platz. Jede Perspektive ist sehenswert, alle Blickwinkel sind Trost für das Auge, nirgends steht etwas unnötig herum. Bei mir auch nicht. Außer auf dem Küchentisch, der jetzt zur Werkbank geworden ist. Er ist eine Bühne für den Landstrich hinter dem nächsten Hügel, gesehen wie aus weiter Ferne.

Tische mit nur einem Stuhl davor stimmen mich verzweifelt. Da stehen fünf Stühle in meiner Wohnung, aber nur auf einem einzigen nehme ich Platz. Einer wartet neben meinem Bett im ewigen Halbdunkel und trägt meine Kleider treu über der Stuhllehne. Das ist mein täglicher Schrank. Die getragenen Strümpfe kommen immer sofort in die Kiste neben der Waschmaschine im Bad. Ich habe den Waschautomaten gekauft, nachdem mir klar geworden war, was die gemeinsame Waschküche einer Mietwohnung bedeutet: Berührung mit den Hüllen der anderen Menschen.

Der Anblick von Jogginghosen macht mich nachdenklich, besonders wenn sie nicht zum Sport getragen werden. Auf meinem Schrankstuhl liegt niemals eine Trainingshose, nicht einmal ein weißes T-Shirt. Ich habe meinen alten Beruf zur Kleiderordnung gemacht und sehe noch heute aus wie ein Pilot in Uniform, nur ohne die vier Streifen an den Ärmeln. Ich trage jeden Tag eine dunkle Stoffhose mit Bügelfalte, auch wenn diese nicht mehr so scharf ist wie vor meiner Pensionierung. Dazu täglich ein weißes Hemd, bügel- und faltenfrei. Meine Schuhe sind lederne Schnürschuhe, Sandalen trage ich nicht einmal im heißesten Sommer. Ich beneide die Menschen vor meinem Fenster für ihre freizügige Kleiderordnung, will es ihnen aber nicht gleichtun. Auf Reisen waren alle meine Kleider frisch, und ich roch nach nichts. Meine Angst davor, mit einer schlampigen Garderobe aus einem Flugzeug ins Freie fliehen zu müssen, war gründlich. Es war mein Ziel, gut gekleidet evakuiert zu werden.

Meine nächste Aufgabe ist die unfertige Landschaft vor mir. Wie alle es tun, die jünger sind als ich, drücke ich mich vor dem Anfang, Bowlingargumente haben es gut bei mir: Mal mache ich die Kugel, mal die Kegelbahn verantwortlich für den folgenlosen Schub. Sport ist mir ein Rätsel, wenn er zum Vergnügen betrieben wird, Profisport hingegen macht Sinn: die Mühen, das tägliche Training, maßvoller Lebensstil, feste Gesichtszüge und Kurzhaarfrisuren, ein Laufband im Schlafzimmer und ein Partner, der begeistert mitmacht. Die Landschaft ist mein Laufband. Die Idee, sich ernsthaft zum Vergnügen zu bewegen, verunsichert mich. Schwimmen ist gesund, aber macht müde. Mein Körper hat Pech gehabt mit mir. Ich bin der Gast, der sich für den Hausherrn hält, in der Wohnung wie in meinem Körper. Ich bin früher ein schöner junger Mann gewesen, und noch mit fünfzig sah ich aus wie jemand, dessen Freund man werden will. Meine Freizeit habe ich immer unter Leuten verbracht. Ich war so beliebt, dass ich keine Zeit hatte für Hobbys. Mein Charme wirkt auch im Alter noch. Meine Falten bezeugen Humor. Die Stimme ist rau, aber nicht belegt. Wenn ich spreche, fühlt sich jeder gemeint. Aber meine Geduld ist gespielt. Ich kann nicht ausstehen: grundlose

Zeitverschwendung, nervöse Stimmen, schlechtbesuchte Konzerte, lästige Sitznachbarn, bedrängende Vorurteile, ungenaue Wortwahl und alle, die mitspielen.

Ich bin auf der Suche nach neuen Gewohnheiten, weil die alten zwecklos oder zu aufdringlich geworden sind. Ich dusche im Dunkeln, esse am liebsten Kaltes und schlafe auf dem Rücken. Auf dem Weg zur Wohnungstür pfeife ich immer den Refrain eines Beatles-Songs. Meine Marotten lenken mich davon ab, etwas zu tun.

Zehn Uhr dreißig

Die Nachrichten stellen stündlich die Weichen für einen gelungenen Tag. Im Takt der Schlagzeilen gehen alle Tätigkeiten leichter von der Hand. Schon wird aus achthunderttausend Lautsprechern des Landes die aktuelle Uhrzeit verkündet. Immer und überall ist es *jetzt.* Ich stelle mir alle Münder aller Radiomoderatoren aller Sprachen und Länder vor, wie sie die Zeit an- und den Wetterbericht aufsagen. Die ganze Welt gibt Anlass zum Wetterbericht, das Klima ist eine persönliche Angelegenheit. Jetzt singt im Radio Tanita Tikaram: *Twist In My Sobriety.*

All God's children need traveling shoes / Drive your problems from here / All good people read good books / Now your conscience is clear / I hear you talk girl / Now your conscience is clear.

Half the people read the papers / Read them good and well / Pretty people, nervous people / People have got to sell / News you have to sell.

Auf dem letzten Flug vor Feierabend habe ich dieses Lied während des Boardings oft im Passagierraum abgespielt. Es verträgt sich gut mit den anschließenden Sicherheitsansagen der unteren Offiziere. Es könnte der

Soundtrack sein für den Flug über das Stück Land in meiner Küche.

Ich lerne viel vom Radio. Es kommt vor, dass die Nachrichten mich ablenken von der gesamten Konstellation eigener Bedürfnisse. Auch Chemie betrifft mich irgendwie. Welche Konsequenzen hat das Wissen eines alten Mannes über die Anordnung der Atome in einem Wassermolekül? Was ich gelernt habe, mischt sich mit meiner Erinnerung an den Kaiserschmarrn meines Vaters. Wie verändert es meine Persönlichkeit, dass ich weiß, was endokrine Disruptoren sind? Ist es für meinen inneren Frieden von Vorteil zu wissen, wie vergiftet das Trinkwasser in Mitteleuropa wirklich ist? Wohin mit den Fakten um Nanopartikel in meinem Kopf? Ist auch der Gedanke an giftige Substanzen schon ein Gesundheitsrisiko? Wer gestattet mir, die Naturgesetze lustvoll zu ignorieren, jetzt da ich nicht mehr selber fliege? *Obsoleszenz* gehört einem besonderen Wortschatz an.

Das Werkzeug liegt bereit. Selten wird ein guter Schraubenzieher oder ein gebrauchter Hammer durch einen neuen ersetzt. Werkzeuge dürfen alt, abgenutzt und sogar hässlich sein, solange sie ihre Bestimmung erfüllen können und gebraucht werden. Ein Hammer kann aussehen, wie er will. Hauptsache, der Kopf sitzt fest.

Brauche ich einen genauen Plan für die Landschaft, oder darf ich spontan vorgehen? Ein Ziel zu haben, wäre schön, ein Bild, ein Muster könnte mich leiten und die Verantwortung in kleinere Teile aufbrechen. Ich könnte streng danach vorgehen, welche Ansicht ich nachbauen will, und aus einer einzigen Perspektive schauen. Ich baue einen Ausblick, den ich mit niemandem teile. Geizig wie ein leerer Koffer, der sich nie öffnet.

Es berührt mich, die leisen Geräusche der Nachbarn zu hören. Besonders im Badezimmer, das fensterlos der intimste Ort ist, höre ich über die Wasserleitungen und Lüftungsrohre deutlich die Stimmen und Handgriffe der anderen. Lärm sind Geräusche, die einen nichts angehen. Erleichtert waren wir, als der Großvater gestorben war. Endlich hatten die rasselnden Geräusche aus dem Nebenzimmer ein Ende. Alle schienen sich einig zu sein, dass es *so besser für ihn* war, und ich bekam Angst davor, was man nach meinem Tod über mich sagen würde, um sich selbst gerecht zu werden. Es gibt jemanden, der gewusst hätte, wie es wirklich war. Deshalb bin ich zufrieden. Aus Abwägung.

Die Zahnbürste meiner Exfrau steht bald ein Jahrzehnt unberührt neben meiner. Jeden Tag morgens und abends – und mittags, seit ich in Rente bin – sehe ich ihre Zahnbürste und freue mich, dass sie wenigstens die richtige Farbe hat. Sie altert gut und erinnert mich an eine Zeit, in der sogar Handzahnbürsten aussahen wie komplizierte medizinische Geräte. Ihr Handtuch wasche ich erst, wenn sie wiederkommt. Es war immer das rote und das einzige, das nicht wie alle Lappen, Laken und Tücher in der Wohnung weiß war. Sie bestand auf dem roten, und ich ließ es nach der Trennung hängen, erst aus Trotz und später, weil ich es nicht zusammen mit dem anderen weißen Waschgut waschen konnte, und eine eigene Runde in der Waschmaschine will ich ihr und dem Handtuch bis heute nicht gönnen. Wegwerfen konnte ich es nicht, und nachdem ein weiteres Jahr seit ihrem Auszug vergangen war, war es für eine Veränderung zu spät. Nichts war geschehen, was einen derart drastischen Eingriff hätte rechtfertigen können. Weil sich nichts zwischen uns ereignet, kann ich nicht plötzlich ihre Spuren im Badezimmer tilgen. Insgeheim hoffte ich auf einen ihrer Besuche, die bald immer seltener geworden sind. Früher habe ich mich jedesmal darüber gefreut, sie als Gast im Badezimmer zu wissen, gezwungen, zu ihrem alten roten Handtuch zu greifen. Heute wäre es ein Wunder, wenn sie wieder einmal käme.

Derweil sitze ich in einem schönen Leben, schlafe in einem weichen Ehebett, allein, und es macht mir fast keine Angst, nicht noch einmal von vorne beginnen zu können. Mein Weg zurück durch den großzügigen Flur hebt meine Laune sofort. Die vielen Zeitungen sehen fleißig aus. Ich finde es toll, dass ich so viel über die Welt lese, wenn ich sie schon nicht mehr von oben sehen kann. Ein Bild an der Wand im Gang zeigt mich in einem Propellerflugzeug, eine 1956er *DHC-2 Beaver* mit Schwimmkufen. Das Foto ist gerahmt, dadurch wirkt es bedeutend und für die Zukunft gewappnet. Aber es ist Frieden in diesem Land, und niemand wird das Bild abhängen, solange ich hier lebe. Vom Flur aus sieht meine Küche aus wie die Kulisse für eine skandinavische Telenovela. Alles ist weiß oder grau und hat glatte Oberflächen. Tuch und Stoff sind hellgrau. Von jeder Seite aus sieht die Küche schwedisch aus. Oder finnisch. Die Finnen leben im Paradies. Der Boden besteht aus dunkelgrau gestrichenen Holzbohlen. Diese Farbe verträgt viel Staub, aber er ist sauberer, als er sein müsste, um gepflegt zu wirken. Ich habe sogar einen Reiskocher, aus China. Er macht schönen klebrigen Reis, der am nächsten Tag kalt noch besser schmeckt.

Elf Uhr zwei

Wann wird jemand melden, dass dem Glockenläuten der Kirche der zweite Schlag fehlt? Nebenan weint ein Kind, weil ein anderes es geärgert hat. Kinder sind auch Menschen, das vergesse ich zu oft. Sie sind *kleine* Menschen, gierig und ängstlich, laut und verwöhnt, wie die Großen, zumindest in diesem Land. Nur unsere Hoffnung, dass sie kluge, besonnene, großherzige Erwachsene werden, lässt uns gnädig lächeln. Kinderlärm kann man nicht abstellen. Wenn ich Kinder hätte, wünschte ich mir, sie hätten die Menschen lieber als ich.

Der Nachbar hat den Sender gewechselt, es spielen die Beatles. Nur weil der Sänger schon tot ist, fühle ich keinen Abscheu vor seiner Stimme. Die Straße ist jetzt leiser als sonst, Autofahren macht ziellos wohl keinen Spaß. Die Menschen scheinen dort angekommen, wo das Essen wartet und Gesellschaft, nach der sie sich sehnen. Ich schneide zur Probe einen der Miniaturbäume vorsichtig aus der Verpackung und stelle ihn neben meinen Teller mit Schinkenbrot. Treulosigkeit im Maßstab wird sofort geahndet, aus dem Schinkenbrot wird kurzfristig ein rosabrauner See. Auch der Teller und die Tasse wachsen kurz zu Karussellattrappen oder Bühnenbildern einer Kirmes im Schnee. Aber die Landschaft muss gerahmt sein, sonst gilt sie nicht. Ich sollte über Grenzen nachdenken. Zäune, Feldränder, Wege, Flüsse. Ich sollte daran denken, dass jede Landschaft auch Hindernisse enthält. Nur weil ich von weit weg schaue, werden die Hürden ja nicht kleiner. Aus der Nähe betrachtet sind sie so hoch wie immer. Ich brauche Streichhölzer, die als Baumstämme den Weg versperren. Ich brauche eine eingestürzte Brücke und einen offenen Tunnelschacht im Boden. Ich werde einen großen See über die Ufer treten lassen. Ich habe Millionen Quadratmeter unter mir. Eine Herde Schafe zieht vorbei wie ein heller Wattebausch, Schiffscontainerlastwagen sind zu Käfern geworden, und der Rand der Landschaft wird grau gestrichen, als wäre sie geradewegs aus dem Kontinent gesägt worden. Dieses Land ist auf Stein gebaut. Ein Lackdöschen sollte reichen. Ich habe noch Farben übrig. Hätte ich die Packung mit den vielen winzigen Figuren vorhin bekommen, könnte ich sie mit den wenigen Haaren eines dünnen Pinsels kleiden. Allen Menschen, denen ich heute begegnet bin, hätte ich ein 10 mm hohes Denkmal setzen können, weil ich mich nur daran erinnern kann, wie sie angezogen waren.

Die Landschaft auf dem Küchentisch sieht noch nicht aus wie eine. Ich habe den Grasstaub angeklebt und ein paar Trampelpfade aus feinem Vogelsand gestreut. Ich werde da hinten noch mehr Zierkirschen in voller Blüte anpflanzen. Die zwei frischen Bäumchen machen mich nüchtern, zu dünne Stämme. Wie klein darf eine Linde sein? Hoffentlich vergeht mir die Lust nicht, bevor alles fertig ist. Erst noch muss ich entscheiden, ob es darin Menschen geben soll oder Spuren von ihnen. Lastwagen, Parkplätze. Fahrräder, Parkbänke und Flurbereinigung. Kirchtürme, Kinos und Bäckereien. Friseursalons, einen Kiosk, eine Wohnsiedlung. Oder ist die Landschaft nur der Hintergrund? Eine Stadt liegt vor der Landschaft wie eine Kulisse, oder umgekehrt, eine Landschaft liegt hinter der Stadt wie ein Bühnenbild. Noch weniger brauchen wir nur die Hunde. Hätte ich ein Haustier gehabt, hätte ich aufstehen müssen, um es zu füttern. Ein Hund müsste hinaus, ich will drinnen bleiben. Ein Hund kommt mir nicht ins Haus.

Ich kann nicht still sitzen bleiben und sehe mich in der Wohnung nach Unerwartetem um. Ich gehe an meinem Spiegelbild vorbei und erschrecke, weil ich lächle. Ich deute das als gutes Zeichen, fasse Mut für meinen morgendlichen Entschluss und wage mich wieder an die Bäumchen. In diesem Maßstab sehen sie aus wie zu kleine, getrocknete Lungen. Ich knipse die Baumstämme mit einer Nagelschere ab und staple sie wie buschige Streichhölzer ordentlich auf meiner Untertasse. Es ist die weiße von Oma, die mit dem verblichenen Goldrand. Für mich war diese Frau immer alt, obwohl sie jünger starb als ich heute alt bin. Ich bin 1955 im Dezember geboren. Ich kann nichts dafür, dass der Krieg schon vorbei war. Ich habe alles richtig gemacht. Fast alles. Aber auch eine Scheidung ist heute nicht mehr skandalös, sondern nur traurig.

Sollte ich Eisenbahnschienen verlegen? Gleise ohne Züge wären schön und genug Hinweis auf die Passagiere. An den hohen Bäumen vorbei, wo jemand wohnt und niemand sie sieht. Jemand wird den Zug vorbeifahren hören. Niemand wird dort aussteigen können. Zu weit weg von jedem Bahnhof entsteht eine Kulisse für einen Spaziergänger, vielleicht mit Hund, ein Kirchturm in der Ferne und niedriges Gebüsch ganz nah. Ich mag die Aussicht auf eine Landschaft am liebsten durch das Fenster eines fahrenden Zuges. Jede gleichmäßige Fahrt belehrt mich über den Maßstab der Welt. Die Welt ist nicht flach, ich habe mit eigenen Augen gesehen, dass sie sich krümmt. Sie hat Tiefe, gerippte Wasseroberflächen, schräge Felder und winzige Berggipfel. Ränder und schmale Straßen mit Baumreihen, die sich perspektivisch verschieben, wenn man schnell ist und trotzdem schaut. Ich zähle die Baumstämme auf dem Tisch, es sind genau 64.

Im Radio höre ich, dass es im fernen Norden so viel geschneit hat, dass Hubschrauber die Bäume vom Schnee befreien mussten. Sie fliegen nahe an die Wipfel heran, um mit dem künstlichen Wind ihrer Rotorblätter den Schnee von den Ästen zu wirbeln. Wie ein Riese schnipsen sie die Bäume frei. So ein Riese bin ich im Verhältnis zu meinen Modellbäumen, aber umgekehrt, wenn ich es auf sie schneien lassen werde. Gibt es eine Spraydose mit der Farbe *schneeweiß*?

Mir ist es ganz recht, dass Blau die Farbe ist, die in der Ferne liegt. Wäre es grün oder orange, gelb oder gar violett, ich könnte den Blick auf eine Landschaft nicht so leicht ertragen. Blau ist schön, meine Dienstkleidung war es auch. Ich komme mir immer ein paar Zentimeter größer vor, wenn ich blau trage.

Ich lebe in einer Wohnung mit Holzboden und vier Zimmern, die niemand braucht. Die Gegend ist ruhig und trotzdem urban, die Natur steht vor der Tür, und alle Busse sind pünktlich. Ich habe mich niedergelassen an einem Ort, wo ich weiterleben darf, ohne mich einzubringen. Ich darf Dinge kaufen und etwas erleben. Aber ich kann niemandem mehr versprechen, dass ich pünktlich zur Arbeit erscheinen werde. Rentner wie ich sind höfliche Bremsklötze.

Gerade habe ich im Internet nach meiner Wohnadresse gesucht und eine perfekt ausgeleuchtete Draufsicht zu sehen bekommen. Ich bin hinunter ins Erdgeschoss, aus dem Haus in den begrünten Hinterhof hinausgetreten, um mir vorzustellen, im Satellitenbild zu erscheinen. Rührend ist der Maßstab, den die Gartenbank annimmt, und wie anders der Kirchturm aussieht, von oben. Keine Glocken mehr, nur Dach, und flach wird das Land. Ich habe gelesen, dass immer mehr Satelliten im All immer mehr sehen, ich weiß nur nicht, wer dieses Wissen friedensstiftend nutzen will. Meine Landschaft wird unsichtbar sein für die Kameras im All. Sie steht unter der Küchenlampe und strahlt nichts als Privatsphäre aus.

Im Internet habe ich nach anderen künstlichen Landschaften gesucht. Modellbaulandschaftsbauer gibt es fast überall, wo die Welt schon in Ordnung ist. Modellbaulandschaftsbauer kann nur sein, wer alles andere in Haus und Leben schon aufgebaut hat. Auf einem Foto von einem Landschaftsbauseminar des Marktführers in der Herstellung von Miniaturnatur sehe ich vier Männer: hellrosa Haut, Ende fünfzig, Brille. Jeder hat einen quadratischen Landschaftsblock vor sich, auf dem sie, jeder für sich, Bäume pflanzen und Wiesen anlegen. Ich wüsste gern, ob sie dabei Musik hören. Wäre es Jacques Brel, *Mijn Vlakke Land*? Wie baut man einen Berg? Und wie ähnlich bin ich diesen vier bleichen Göttern?

Die eingeblendete Werbung kündigt an: Es gibt Schneepaste zu kaufen. Ich könnte meine Exfrau bitten, am Abend vorbeizukommen, um mir Schneepaste vorbeizubringen. Sie soll neben dem Winter auch noch eine Flasche Wein mitbringen. Nach der Trennung kam sie manchmal vorbei und bereute dann, zu spät heimgegangen zu sein. Anfangs, selten, übernachtete sie bei mir. Wir schliefen Rücken an Rücken, ohne einander zu berühren. Sie wolle den Bettbezug im Gästezimmer schonen. Geschiedene haben noch immer die Möglichkeit, einander Geschwister zu werden.

Es waren Zusagen wie ein *Vonmiraus*. Dennoch freute ich mich auf die gemeinsamen Nächte als ehemalige Eheleute, so wie man sich im Nachhinein auf seinen ersten Kuss freut, obwohl man ihn eigentlich vergessen hat. Bis heute wünsche ich mir jeden Tag, dass sie mich überraschend besuchen kommt. Ich werde zu Hause sein.

Fast zehn Jahre leben wir getrennt, vom Scheidungsrichter und von einigen Kilometern. Es kommt mir näher vor, eher wie vorletztes Jahr.

Früher sind wir ein echtes Ehepaar gewesen. Sie ist eine stadtbekannte Bildhauerin und eine extravagante Erscheinung. Ich habe immer noch ihre Stimme im Ohr, wie sie mir zustimmt oder widerspricht. Heute noch bemühe ich mich, die Dinge so zu sehen wie sie. Alles sieht sie immer anders als die anderen. Heute sehe ich alles wie durch ihre Augen.

Ich erinnere mich an das Brillengestell im Gesicht meiner Frau, aber nicht an ihre Augen. Ich erinnere mich an den Duft eines Parfums, das nicht mehr hergestellt wird. Ich erinnere mich an ein paar Kleidungsstücke und an die braunen Ledersandalen an ihren Füßen, wenn sie die Wäsche aufhängte. Sie ist eine große Frau, und doch musste sie dafür die Arme strecken. Sie nahm sich Zeit. Sie benutzte hölzerne Wäscheklammern, weil sie die aus Plastik nicht mochte.

Wenn zwei gemeinsam ein großes Laken zusammenlegen, nachdem es an der Leine getrocknet ist, treten sie an die kurzen Seiten des großen Tuchs und halten es an den Ecken fest, breiten den Stoff mit den Armen auseinander und schütteln ihn ein-, zweimal scharf. Manchmal entgleitet dem einen die Stoffecke, und er ist bemüht, sie gleich wieder aufzunehmen wie einen fallenden Schatz. Dann spiegeln sich die vier Hände, oder sie handeln aneinander vorbei: Entweder legen sie die Ecken in ihren eigenen Händen zusammen, oder sie gehen zuerst aufeinander zu, um die Tuchkanten aufeinanderzubringen, in den Händen des Gegenübers.

Kein Tag war lang genug für die Gespräche zwischen uns, und am Morgen mussten wir wieder von vorne beginnen. Ein anerkennendes Wort von ihr nahm ich gern an, aber wie einen flachen Stein in der Natur drehte ich es lieber nicht um. Morgens war ich nicht gesprächig, nur gerecht.

Später gingen wir unter Leute und Probleme einfach aus dem Weg. Als ich ein Kind mit ihr wollte, lehnte sie erschreckt ab. Ich wurde als Liebhaber entlassen. Weil sie mich als Mann übersah, war ich auch als Freund kastriert. Als sie mich wegsschickte, war ich zuerst beleidigt, dann traurig. Neben dem Schreck die Scham über einen weiteren leichtsinnig geliebten Menschen. Der Abschied war, wie Diplomaten in den Ruhestand eintreten: höflich und müde. Die ersten Begegnungen nach der Scheidung waren distanziert, eloquent, kurz. Ich war enttäuscht und sie erleichtert.

Ausweichen kommt nicht von *weich*, sondern von den Weichen, und die Schienen führen erbarmungslos in die andere Richtung. Aber sogar ausweichend schenke ich ihr noch zu viel Aufmerksamkeit. Wenn wir uns zufällig begegnen, schlage ich sie in die Flucht. Wir können nicht schadlos gleichzeitig in demselben Raum sein. Ich sehe dabei zu, wie sie mir das Leben vorführt, das ich selbst mit ihr hätte haben wollen. Letztlich gibt es auch Irrtümer in der Treue. Für manche Menschen ist die günstige Zeit verstrichen, und es gibt keine weitere Gelegenheit. Schon wieder hat dieser ferne Mensch mich fast ein Jahr gekostet.

Zwölf Uhr zehn

Neben dem Küchenfenster hängt ein Bild an der Wand. Eine Leselampe steht davor, der Schirm ragt von oben in das Bild hinein. Es zeigt eine Schneelandschaft, vorne eine Reihe magerer Bäume, hinter dem Hang ein flaches nebliges Tal. Mein Landschaftsmaterial gefällt mir nicht, weil es zu grün ist. Was mich am Frühling beunruhigt, ist, dass die Natur überall gleichzeitig sein kann. Sie muss nicht wie ich jede Knospe eine nach der anderen an die Äste setzen. Die Grasflocken *Frühlingswiesengras*, 2,5 mm hoch, 100 g, sind in sehr hellem frischen Grün. Der Produkthinweis auf der Verpackung rät, als Zubehör den *Grasmaster 2.0* zu kaufen, der wie ein Puderzuckerbestäuber die Grasflocken auf die Wiesen schneien lässt. Profis nutzen dafür die statische Aufladung des Geräts, aber ich weiß nicht genau, wie sie das anstellen. Wenn ich es wüsste, könnte ich damit mein Tischgeschirr begrünen. Die Tasse trüge einen grünen Pelz.

Die Tüte mit der Graslandschaft ist wiederverschließbar. Fast bereue ich, das Material angeschafft zu haben. Manchmal gibt eine kleine morgendliche Unachtsamkeit dem restlichen Tag oder den verbleibenden Jahren einen Dreh. Würde ich nun noch seltener aus dem Haus gehen, weil ich heute früh grüne Kunststoffflocken und steingraues Dekorationsmoos gekauft habe?

Das Warnhorn des Schiffs am See klingt bis in meine Küche. Ich erkenne den Namen des Schiffs nicht am Geräusch. Alles bekommt einen Namen verpasst. Auch heute werden in dieser Stadt Kinder anderer Leute geboren, die meinen Vornamen tragen.

Als Kind kam es mir ungenau vor, einander nach den Berufen zu nennen. Zunächst klingt es logisch, so zu heißen wie das, was man tut. Aber wer sind wir, wenn wir pensioniert sind? Noch Generationen später tragen wir den Beruf des Ururgroßvaters im Nachnamen. Meine Frau hatte ihren sogenannten Mädchennamen nach unserer Hochzeit behalten, und es gibt noch kein frisches Grab mit meinem eigenen Namen darauf.

Umgekehrt bin ich überrascht zu erfahren, dass ein anderer das Gleiche gelernt hat wie ich. Auf seltenen Partys oder den Vernissagen meiner Frau habe ich auf die heikle Frage danach, was ich *mache*, je nachdem, wer gefragt hat, einen anderen Beruf genannt. Ich sage gerne *Maschinenbauingenieur*, wenn mir das Gegenüber unsympathisch ist, das hilft meistens. Andere meiner Berufe klingen nach Abenteuer. Ich war mal Sattler in Texas gewesen und reparierte meine Hosen selbst. Sagte ich *Pilot*, so konnte ich mir früher den Rest des Abends schmeicheln lassen. Heutzutage ist das nicht mehr ganz so.

Nur weil alle so oft fliegen, heißt das noch nicht, dass sie selbst ein Flugzeug steuern könnten. Auch die Flugbegleiterinnen hatten mehr Magie, als sie noch *Stewardessen* hießen. Die Frau, die nie altert und immer geduldig lächelnd bedient, war zu inspirierend für Männer ohne Fantasie, die vor Frauen wie ihrer eigenen Mutter oder Mary Poppins Angst haben. Heute überlassen sie die Kindererziehung denen, die dafür ein Diplom haben.

Meine Mühe, Menschengesichter zu erkennen. Wenn mich Leute auf der Straße anlächeln, grüße ich zurück, unsicher, ob ich sie kennen sollte. Gesichter kann ich mir schlecht merken, und es scheint auch immer schwieriger zu werden, die Nasen unter den Schildmützen zuzuordnen. Das Gezwitscher im Garten gehört zu einem Vogel, den ich nicht am Ruf erkenne. Es ist eine komplizierte Partitur: *huuuuu-hu-hu-hu-hu*. Ist es ein Papagei? Ist er ausgeflogen aus der Voliere im Zoo? Gestern habe ich den gleichen Ruf gehört. Ich kann die Singstimmen der Vögel nicht auseinanderhalten. Wie bei Menschengesichtern habe ich immer das Gefühl, ich müsste sie erkennen.

Ich wäre gern Ornithologe, einfach weil das ein schönes Wort ist und weil Ornithologen etwas können, vor allem etwas, das ich nicht kann. Auch Chirurgen mag ich sehr, aus dem gleichen Grund. Aber hier am Küchentisch kann ich keinen von beiden gebrauchen. Ich brauche nur den Mut, anzufangen und die leeren Stellen auf der Holzplatte mit dem Leim zu bestreichen, um die Wiese darauf zu streuen, auch ohne *Grasmaster 2.0*. Aber soll das Land tatsächlich flach sein? Die Wiesen sind am Hang hochgeklappt. Praktisch, wenn die

Landschaft halb von oben zu sehen ist, so wie draußen vor dem Fenster, ganz hinten, wo ein Berg die Weitsicht versperrt. Und auch auf ihm: Miniaturbäume und saftige Wiesen in Frühlingsgrün, im gleichen Maßstab wie bei mir auf dem Tisch und in der Tüte vom Modellbauladen. Oder ich stelle das Brett schräg und baue die Landschaft seitlich darauf. Der Bach könnte dann wirklich, wirklich durch sie fließen, und die Baumstämme bräuchten kleine Bohrlöcher, um sich aufrecht zu halten. Nein, ich werde es mir leicht machen und eine Landschaft bauen, die so einfältig und unspezifisch ist wie der Hintergrund eines Computerspiels, in dem es auf die Handlung ankommt. Auch soll die Landschaft von allen Seiten gleich aussehen, gleich gleichmäßig und mitteleuropäisch. Es sollte meiner verstorbenen Mutter gelingen können, sie für einen Ausschnitt ihrer Heimat zu halten, die sie vor 77 Jahren zuletzt mit eigenen Augen gesehen hat. Die Landschaft sollte schwarz-weiß sein, wie die Bilder aus jener Zeit.

Meine Landschaft könnte an einem Meeresdelta liegen, aus dem Land, in das ich ausgewandert war, bevor ich in die Berge kam, oder an einem vom Gletscher zerdrückten flachen Tal. *Auswandern* – wie lieblich das klingt. Wandern ist gesund! Zum Grab meiner Mutter kann ich zu Fuß nicht kommen, ich muss dazu den Zug nehmen und am Friedhofstor sein, bevor es abgeschlossen wird. Meine alte Mutter meinte mit *daheim* ein Zuhause, das sie als Kind verlassen musste, auf der Flucht. Auf der Flucht ist nichts nebensächlich. Aber die Landschaft sieht man nicht. Die Koordinaten ihrer Welt entsprachen danach dem Bezirk, in dem sie zur Schule ging. Zur höheren Schule reichte das Geld nicht, sie war eine Frau zur falschen Zeit.

Der Apfelbaum kommt da vorne hin. Manchmal reut es mich, keine Familie gegründet zu haben. Auf die richtigen Verhältnisse kommt es an. Wenn meine Landschaft fertig ist, lege ich vielleicht einen Gegenstand hinein, einen Löffel oder eine tote Maus.

Ich schlage im Lexikon nach, was ein Diorama ist. Altgriechisch *διοράειν*, deutsch *hindurchsehen, durchschimmern, durchschauen*, also *Durchscheinbild. Schaukästen, in denen Szenen mit Modellfiguren und -landschaften vor einem oft halbkreisförmigen, bemalten Hintergrund dargestellt werden.* Es zeigt sich: Nichts und niemand kommt ohne Handlung aus. Neben dem Wetter, das immer *jetzt* sagt, muss alles eine *Szene* sein. Irgendetwas muss immer passieren. Ich mag keine Kriminalgeschichten, aber ich sehe meinen Mitmenschen nach, dass sie Spannung lieben. Noch in der Dämmerung, bei Einbruch der Dunkelheit fragen sie nach dem Täter.

Dann steht da weiter: *Durch die richtige Veränderung des Maßstabs vom Vorder- zum Hintergrund, dem scheinbar nahtlosen Übergang von plastischen Landschaftselementen in den gemalten Hintergrund und geschickte Beleuchtung kann eine fast perfekte Illusion von räumlicher Tiefe und Wirklichkeitsnähe erreicht werden – eine Art dreidimensionaler Trompe-l'œil-Malerei, die den Betrach-*

ter einem Riesen gleich auf die Welt blicken lässt. Dieser Riese bin ich.

Ich gehe zum Briefkasten und schaue nach der Post. Ich kann mich freuen über die Zeitung im Briefkasten und eine Postkarte meiner Nachbarin von einer fernen Insel. Jetzt kommen sie mir sogar angemessen vor, die Bilder von den Blumen und Felsen aus einem anderen Land und die Treue der Dame, mit der ich eine Postanschrift teile. Ich habe ihren Schlüssel, um mich um die daheimgebliebenen Pflanzen zu kümmern und den Vogel zu füttern. Sein Käfig steht im Halbdunkel der Küche, und ich muss täglich die Rollläden etwas öffnen oder schließen. Würde ich versehentlich nachts das Licht anlassen, würde der Vogel keinen Schlaf finden und fiele tot von der Stange, bevor sie aus den Ferien zurückkommt. Der Vogel hat einen Namen, den ich mir nicht merken kann. Danach zu fragen, nachdem ich seit Jahren sein Leben rette, indem ich ihn füttere und den Rollladen bediene, erscheint mir unangebracht. Auch heute suche ich wieder nach Hinweisen auf seinen Vornamen – Klaus? Konrad? Cookie? Charlie? Er hat ein graues Federkleid, einen gelben Schopf und rote Bäckchen. *Charlie* steht ihm, aber was, wenn es ein Weibchen ist? Ich setze mich an den Küchentisch der abwesenden Nachbarin und beginne, die alten Zeitungen nach passenden Vornamen durchzusehen. Silvio. Vladimir. Donald. Viktor. Das passt. Und wenn es doch ein Weibchen ist, nenne ich ihn Vicky.

Vicky ist müde und traurig. Er oder sie sagt nichts mehr und mag nicht fressen. Ich stelle mir vor, er oder sie vermisse die Nachbarin, aber vielleicht ist Vicky einfach nur krank. Wie sehen erkältete Vögel aus? Können Nymphensittiche Fieber haben? Federn verdecken die Haut, die Zunge immer hart und blau – wie soll ich herausfinden, was dem Tier fehlt? Ich staple die ungelesenen Zeitungen und Briefe auf dem Küchentisch und verlasse leise die fremde Wohnung.

Es erstaunt mich, wie viele es in dieser Stadt normal finden, ausgerechnet in dem Land zu leben, in dem sie geboren wurden. Einige meiner Nachbarn haben ihren Geburtsort verlassen, und für die Arbeitsstelle oder auch der Liebe wegen ein paar Kilometer zurückgelegt, manchmal sogar für länger. Die Überraschung der Etagennachbarin, mich hier zu treffen, an ihrer Adresse, in ihrer Stadt, in ihrem Land, ohne mich hergebeten zu haben oder um Erlaubnis gefragt worden zu sein, war echt. Sie kann es nicht leiden, wenn ihr Menschen, die ihr fremd sind, nahe kommen, und nimmt es jedem übel, dann nicht wenigstens die Höflichkeit zu besitzen, fremd zu bleiben. Die Folgen unserer Nachbarschaft haben sie dazu gezwungen, mich näher kennenzulernen. Sie kann meinen Namen nicht vergessen, weil er ihr täglich auf meinem Klingelschild vor Augen steht und weil es das Erste ist, was sie sieht, wenn sie aus der Wohnung den Rest ihrer Welt betritt. Sie muss sich mit mir einen Tisch teilen, wenn das jährliche Gartenfest der Hausgenossenschaft ausgetragen wird, dem sie als Präsidentin nicht fernbleiben darf. Sie hat keine Geduld dafür, dass andere Hausbewohner mit der Zeit Sympathien für Fremde entwickeln. Besonders der Neue im Erdgeschoss, in der Einzimmerwohnung neben Vicky, stört sie. Seinen Namen sieht sie nur auf seinem Briefkasten an der Eingangstür, aber sie mag ihn so wenig wie den Menschen, der damit gemeint ist. Sie ist keine böse Frau, wählt vielleicht treu dieselbe Partei wie ich, zahlt Steuern, bündelt die Zeitung, die jüngste immer oben. Aber sie hat vielleicht zu lang allein gelebt, und hat eine grundgesunde Angst vor Neuem. Wäre ich wie sie, ich würde es nicht einmal merken.

Die andere Nachbarin, die über mir, scheint verwöhnt zu sein vom Leben. Verschont von Unannehmlichkeiten und unzumutbaren Familiengeschichten beträgt sie sich wie ein kleines Mädchen, dem man gerne Schmetterlinge und Sonnenschein gönnt. Da sie offenbar nicht nur schön, sondern auch intelligent ist, stellt sie hohe Ansprüche an ihre Mitmenschen. Sie lebt allein, weil ihr bisher kein Mensch gut genug war. Sie lebt ohne die Last von Entscheidungen, wie ein frischer Kuchen, der noch nicht zum Anschnitt freigegeben ist. Sie sitzt und wartet und schaut zu, wie der Pegel der Erwartungen steigt und sie mit ihm. So wird sie alt und lebt vom Ausguck aus. Sie atmet, isst und verdaut, beansprucht die Infrastruktur der Gesellschaft, in der sie lebt, ohne Teil davon zu sein. Wie ich. Dass sie vom eigenen Glück nichts weiß, ist ärgerlich. Ihr fehlt ein Bekenntnis zum Leben in einer Welt, die aus Menschen gemacht ist. Ihre Welt ist aus Menschen gemacht, die sie ekeln. Menschen mit Unzulänglichkeiten. Mich beachtet sie einfach nicht.

Unter Ausgewanderten gibt es keine Gemeinsamkeiten, außer jener, dass sie den Daheimgebliebenen ungläubig zusehen, wie sie sich am richtigen Ort wähnen, nur weil sie glauben, ein Recht auf Heimat zu haben. Was macht sie so sicher, dass sie anderswo nicht andere geworden wären, die ihnen besser gefielen.

Aber niemand kann schließlich an zwei Orten zugleich sein, um zu schauen, welcher jetzt der bessere sei. Einmal saß ich aus Unachtsamkeit im falschen Kinosaal und sah den Beginn des falschen Films. Es fiel mir schwer festzustellen, was die beste Entscheidung sei: aufzustehen und den Rest des Films zu sehen, dessen Anfang ich verpasst habe, den zu sehen ich aber gekommen war, oder sitzen zu bleiben, aus Resignation, aus Abenteuerlust. Die Angst davor, an jedem der beiden Orte etwas Wesentliches zu verpassen, und die Not, nicht beides gleichzeitig erleben zu können: Ich weiß nicht mehr, wie es ausging, aber heute würde ich wahrscheinlich sitzen bleiben und für den richtigen Film in die nächste Vorstellung gehen. Wer mag Reue schon! Ich bin reich an Zeit und Geld und will wissen, was Schicksal bedeutet. Auch ich ging früher davon aus, am nächsten Morgen Tee zu trinken, zur Arbeit zu gehen, zu telefonieren,

Auto zu fahren, zu essen, müde zu werden, hungrig und tatenlos. Manche wünschen sich, hundert zu werden, ich finde, das ist ein fantasieloser Plan.

In meiner Küche zähle ich die Streifen auf der Krawatte über der Stuhllehne. Ich sollte mir überlegen, ob ich zu meinem Begräbnis ein Streichquartett haben will, das *Yesterday* spielt. Ehe man es sich versieht, legt jemand Cat Stevens neben meinem Sarg auf. Zwei, vier, sechs, acht, zehn, zwölf, vierzehn, genau fünfzehn Streifen auf der Krawatte. Dahinter die künstliche Landschaft.

Welches Wetter herrscht über meiner Landschaft? Welche Tageszeit? Nachts ist alles schwarz-weiß. Ich sollte die Landschaft aus der frühsommerlichen Heiterkeit befreien, in der man sie sich landauf landab vorstellt. Landschaftsschutzgebiete gelten als schützenswert, selbst wenn sie im Dunkeln liegen oder niemand sie sieht. Gestern spazierte ich im Wiesengrund, der einmal im Jahr überschwemmt wird. Die Bäume stehen dann alle im Wasser, die Felder liegen im See, und niedrige Büsche verschwinden unter der graubraunen Flut.

Zu den größten Vergnüglichkeiten zählt der Mittagsschlaf im verdunkelten Zimmer, bei strahlendem Sonnenschein. Ich esse vorher noch eine Knackwurst kalt im Stehen, dann gehe ich hinüber ins Schlafzimmer. Ich hoffe, mit meinen persönlichen Vorlieben allein zu sein. Wenn der Frühling kommt, fühle ich mich nicht gemeint. Ich bevorzuge es, nicht in die Sonne zu gehen, obwohl sie wärmt, und nicht ins Meer, obwohl es *herr-lich* sein soll. Dafür fällt es mir schwer, von Musik zu behaupten, sie sei schlecht. Ich vermute dann, ich habe etwas nicht begriffen, und Popmusik wird durch wiederholtes Hören ja tatsächlich besser.

Ich lebe an meinen Tagen vorbei. Ich liege im Bett, nur halb angezogen, nur halb entschlossen, diese Lage verspricht angewöhnte Geborgenheit. In Wirklichkeit könnte sich unter dem Bett ein tiefer Graben auftun, der *nicht* ins untere Stockwerk führt.

Heute bin ich mutig und stelle mir meine nackten Zehen unter der Bettdecke vor. Ich gehe zwar nicht gern ins Bett, aber ich liebe den Schlaf. Jeden Abend ringt er mit mir um ein paar Minuten, und jeden Abend mache ich es ihm schwer, mich hinzulegen. Sollte ich länger schlafen? Alle sollten das. Den Platz, den man dazu braucht, muss man unbedingt verteidigen. Mein treues Kopfkissen!

Wen stört, dass ich den Schlaf als Ziel des Wachseins betrachte? Wie löst ein Vogel vor Abflug die Krallen vom Ast? Wie finden Ameisen ihre Straßen? Wie können Menschen aufhören, mit dem Finger aufeinander zu zeigen? Seit wann gibt es Fingernägel? Wozu dienen Kreuzfahrtschiffe wirklich? Ist ihr Verlust ein Geschenk? Erleichterung über die Fähigkeit meiner Mitmenschen, die Post rechtzeitig zu öffnen. Dankbarkeit darüber, dass sie das Altpapier entsorgen.

Wie lange bleibt das Gute gut, wenn man zu viel des Guten bekommt? Was wirft man als nächstes weg?

Schuhe? Das Geschirr? Bargeld? Die Worte von Fremden geben mir die Illusion, dass es die Welt der Worte wegen gibt. Wir sind Statisten, Handlanger der Sprache, und wir sind ihr Werk. Wir sollten uns ergeben.

Ich erträume mir leere Wohnungen, als hätte ich ein neues Leben vor mir, spärlich möbliert. Saubere Küche, unbewohnte Räume, als könnte ich meine Zukunft nochmal vorab besichtigen: *Diese Wohnung nehme ich.*

Dreizehn Uhr fünfunddreißig

Mein Kopf liegt zwischen zwei Kopfkissen, als ich erwache. Unter dem offenen Fenster telefoniert eine junge Frau, laut. Sie spricht über das Training in der zweiten Liga, über ihre vermasselte Fahrschulprüfung und die anstehende Trennung ihrer Eltern, alles im gleichen Tonfall.

In der Küche knöpfe ich mir mein Hemd zu und schaue hinaus auf die Stadt. Warum gehen noch so viele Leute spazieren? Kirche war gestern. Vielleicht weil sie zu Hause nicht allein sein können? Heute sind es viele auf einmal, die Zeit haben.

Ich erkenne den Nachwuchs der Nachbarn. Die große der beiden Schwestern sieht mich nicht, sie sieht niemanden. Ich bewundere die Unbefangenheit junger Frauen und sehe sie sich bewegen, als wären sie allein. Ich bin im Ausguck und freue mich darüber. Wie in einem Baukran sitzend, befehlige ich die kleinen Bewegungen von oben, die unten ganz groß werden. Wie Tochter und Mutter gleichzeitig den Kopf gleich schnell gleich weit von mir abwenden. Das hätten sie gerne selbst von sich gewusst.

Der Blick auf die Straßenbahnhaltestelle gibt mir Gelegenheit, die hellen Balken des Zebrastreifens nachzuzählen. Zwei, vier, sechs, acht, neun. Das Ganze für zwei Fahrbahnen: achtzehn. Zwei, vier, sechs, acht, zehn, zwölf, vierzehn, sechzehn, achtzehn. Die Schilder neben den Zebrastreifen zeigen ein Piktogramm für *Achtung! Fußgänger überquert Zebrastreife*n: blaues Viereck, darin ein weißes Dreieck, in dem die symbolische Gestalt eines schwarzen Männchens mit Hut einen Zebrastreifen überquert. Der Zebrastreifen auf dem Schild besteht aus fünf Balken. Zwei, vier, fünf. Ein Mann sitzt an der Haltestelle und steigt nicht in die Tram, es ist die zweite, die er sausen lässt. Worauf wartet er?

Nach der Ankunft an einem neuen Ort zähle ich die Tage bis zur Abreise. In meinem Kopf läuft immer ein *Countdown*. Ist jemand zu Besuch, zähle ich die Stunden bis zum Abschied. Stelle mir vor, es wäre das letzte Treffen gewesen, das letzte Wort gefallen. Flughafengänge, Bahnhofshallen, Züge, Hafenquais sind Orte des *Countdowns*. Ich meide Autos, weil sie mich langweilen.

Welcher Berufsstand zählt fleißig? Die Fliesenleger? Die Imker? Was zählen die Erbsenzähler wirklich? Welcher Profi zählt zwei, vier, sechs, acht, zehn, zwölf? Die Bäuerin im Dorf meiner Kindheit zählte die Eier mit erdigen Fingern ab. Weber können gut zählen, sagt der indische Webermeister Jeffrey gerade im Radio. Er sei in den achtziger Jahren in England auf Einladung der britischen Textilindustrie zu Gast gewesen und wurde, wie damals üblich, auch durch die neu errichteten Vororte gefahren, um sich selbst ein Bild vom modernen Königreich machen zu können. Vom fahrenden Wagen aus konnte er mit einem schnellen Blick die Anzahl der Stockwerke an den Hochhäusern bestimmen. *Twenty-nine. Thirty-one.*

Die Streifen auf dem Geschirrtuch vor mir sind weiß und graugrün, ungefähr acht Millimeter breit und aufgedruckt. Mir wäre es lieber, die Streifen ergäben sich aus zwei Fadenfarben. Auch karierte Stoffe mag ich nur, wenn sie den Webprozess sichtbar in sich tragen. Klassisches Vichy-Karo ziehe ich anderen Mustern vor, aufgedrucktes Karo lehne ich als Betrügerei ab.

Ich kaufe mir jeden Mittwoch selbst Blumen. Bemerkenswert finde ich, dass Tulpen weiterwachsen, wenn sie als Schnittblumen in der Vase stehen. Übermorgen versuche ich es mit Nelken, um mich an sie zu gewöhnen. Ich kann Nelken nicht ausstehen, besonders gelbe. Immer wenn ich Blumen kaufe, lasse ich sie gern aufwendig einpacken. Ich möchte nicht dabei ertappt werden, sie mir selbst zu schenken.

Wie viele Bäume soll ich in meine Landschaft setzen? Das Abzählen ist ein harmloser Tick. Wie nebenbei zähle ich regelmäßige Formen, am liebsten Streifen, Balken, Streben, Zaunlatten, Markierungen auf Asphalt. Kandelaber, Lichter, Straßenlaternen, wenn sie gleichmäßig gesetzt sind und eine Ordnung erkennbar ist oder sich eine Reihe zeigt. Raster von Fenstern in Fassaden, Muster in Textilien, visuelle Ordnungssysteme. Wenn ich nicht zähle, zwei, vier, sechs, acht – Scheddächer

von Industriebauten vom Zug aus, die roten und weißen Streifen der Schranken und Schlagbäume, parken-
de Autos, Sitzreihen im Großraumabteil, Deckenleuch-
ten, Lüftungsschlitze am Fensterrand –, dann schätze
ich. Unregelmäßige, bewegliche oder ungleiche Dinge,
zum Beispiel wartende Menschen an der Haltestelle,
dreimal ungefähr acht, also vierundzwanzig, Rinder in
einer Viehausstellung, rund achtzig, Bücher im Bücher-
regal im Wohnzimmer von Bekannten, beim Abendes-
sen, acht Reihen horizontal, und zwei, vier, sechs, acht,
zehn, mal zwölf, hundertzwanzig, neunhundertsechzig.
   Darin liegt kein Interesse, die Anzahl zu ermitteln.
Nicht Erkenntnisgewinn, etwa die Frage, ob Zebrastreifen in manchen Ländern schmaler sind als in anderen. Auch ist es mir meistens egal zu erfahren, ob ein
Haus vier- oder fünfstöckig ist, und mit ein paar wenigen Ausnahmen ist mir gleich, um welche Streifen, Balken, Quadrate, Punkte oder Pfosten es sich handelt.
Nur wenn die letzte Zahl die Zwölf oder Zehn ist, atme
ich auf.

Was ich sehe, zähle ich. Die linke Seite des Schranks,
sieben. Die Tischbeine, zwei, vier. Der Boden, sechs-
undzwanzig. Der Wandschrank, zwei, vier. Das Abzählen gleicht einem Abgreifen. Wie die Handspanne greift
der Blick, zwei, vier, sechs, die Elemente eines Raums
ab. Mir sind die Zahlen bis zwölf genug, die Elf mag ich
weniger als die Acht, aber mehr als die Neun. Die Eins
ist mir unsympathisch, ich respektiere sie aber. Die

Zwei, die Zehn und die Zwölf liebe ich sehr. Mit der Fünf und der Drei habe ich Mitleid, weil ich denke, niemand anders mag sie. Ich erinnere mich gern an die große weiße Vier auf der roten Glasur der Torte zu meinem vierten Geburtstag. Die Sechs vergesse ich immer, auch die angebliche Glückszahl Sieben. Solche Vorlieben kennen alle, bevor das Lebensalter in den zweistelligen Bereich gerät.

Nichts in meinem Blickfeld eignet sich gerade zum Zählen. Die Baumstämme in dem nahen Park auf dem Hang sind zu viele und stehen zu unregelmäßig. Wie sollen wir leben trotz der Parkplätze vor öffentlichen Gebäuden und der Umzäunungen kommunaler Sportanlagen? Ich hoffe, mit der Angewohnheit, zu zählen und zu buchstabieren, nicht allein zu sein. Das Radio des Nachbarn berichtet von einer Frau, die blitzschnell im Kopf alle Buchstaben eines bestimmten Wortes alphabetisch sortieren und abzählen kann. Wie schön, dass sie das öffentlich zugibt. Manchmal ist mir das Alphabet genug an Ordnung.

Meine Religionslehrerin in der Grundschule war im Zählen meisterhaft. Sie trug einen aufregenden Doppelnamen und Nylonstrümpfe, an die sich von innen wild die langen Beinhaare schmiegten. Einmal wöchentlich warf sie ihren vollen Ordner knallend aufs Pult, dick und abgewetzt, prall gefüllt mit Kunststofftaschen. Das Geräusch der aufeinanderklatschenden

Plastikhüllen klang einladend und mächtig. So eine Arbeit wollte ich finden, eine, bei der man in dicken Dokumentenmappen blättern muss. Diese Lehrerin konnte einen Stapel Papier so durch ihre Finger fächern, dass in wenigen Sekunden die Anzahl der Blätter bestimmt war. Die Beiläufigkeit machte daraus ein packendes Kunststück. Ihr Gesichtsausdruck verriet Genuss, die Klasse war das gebannte Publikum, die Kinder warteten mit offenen Mündern. Sie sahen einander ähnlich, die verschiedenen Buben und Mädchen, die schönen und müden. Wenn ich die Augen schließe, sehe ich ihre Gesichter vor mir, die alle genau an mir vorbeiblicken. Ich kann sie zählen, es sind dreiunddreißig. Mit dreiunddreißig hütete ich einen ganzen Sommer die Katze eines Nachbarn. Danach kam sie häufig herüber, durchs geöffnete Fenster. Der Nachbar war alt geworden, und die Katze wurde ersetzt. Die neue kannte mich nicht.

Ich zähle die Dinge ab und die Tage und die Finger an meiner Hand. Es ist das Erste, was jede Hebamme nach dem ersten Schrei eines Neugeborenen macht, und nicht nur einmal und nicht nur sie, sondern auch alle Ärztinnen und Ärzte und Kinderpfleger und sonstwie Zuständigen zählen die Finger an beiden Händen des Säuglings langsam und deutlich ab. Zwei, vier, sechs, acht, zehn. Zwei, vier, sechs, acht, zehn. Die Finger frisch Verstorbener werden nie nachgezählt. Ich hatte alle zehn Finger und habe lange nicht mehr nachgezählt. Die Anzahl der Fliesen im Badezimmer entspricht genau meinem Lebensalter. Bald muss ich ein größeres Badezimmer finden. Ich war glücklich in dem Jahr, in dem mein Alter meiner Schuhgröße entsprach.

Man sieht die eigenen Hände manchmal Gesten ausführen, die man nur aus Filmen zu kennen glaubt. Zählen ist auch Maß nehmen. Durch geübtes Zählen lassen sich Distanzen abschätzen und Abstände bestimmen. Erfahrene Wanderer können das, mit dem ausgestreckten Daumen vor dem zusammengekniffenen Auge. Stoffverkäuferinnen messen die bestellte Länge mit dem Meterstab ab und wirken dabei so, als hätten sie sich noch nie verzählt. Ein Stoffballen ist oft 75 cm oder 150 cm breit. Das Alter gefällter Bäume lässt sich an den Jahresringen ablesen, die Dicke der Eisdecke im See an den Bläschen im gefrorenen Wasser. Drei schwarze Vögel fliegen am Fenster vorbei. Daneben rahmen Vorhänge das Glas.

Die Lamellen des Heizkörpers in der Küche sind abgezählt, es sind dreizehn. Das wundert mich: Im Salon gibt es einen Heizkörper mit siebzehn Lamellen. Seltsames Haus, überall wohnen Primzahlen. Das Zählen dient der Überprüfung der Vollzähligkeit. Ich liebe Vollständigkeit. Ich will mich vergewissern, dass alles da ist und nichts verloren geht. Fehlendes ist schwer zu ertragen. Wenn etwas fehlt, ärgert mich das. Manchmal sind regelmäßige Muster unterbrochen, weil die Witterung oder der Zahn der Zeit einen Zacken aus einem Zaun herausgebissen hat, weil ein Fenster in der Fassade zugemauert wurde. Ein Zebrastreifen ist fast zur Unzählbarkeit verblasst, im Dach des Zirkuszeltes ist ein einzelnes Segment in einer dritten Farbe ersetzt worden, im Blumenbeet des angrenzenden Gartens steht eine Reihe in einer falschen Sorte, ein Sichtschutz verdeckt die Balkonstreben des Nachbarn, in der Leiter fehlt eine Sprosse, im Oberhemd fehlt ein Knopf etc. Ich zähle besonders gern: die Lamellen von Heizkörpern aus der Mitte des letzten Jahrhunderts, Bretterzeilen in holzverkleideten Räumen, keilförmige Segmente aufgeschnittener Kuchen und Torten, Dekorschlitze moderner Radkappen an Automobilen, Gehwegplattenzeilen und Treppenstufen, außer bei Rolltreppen. Bis es regnet.

Ich mag den Schnee lieber als die Sonne. Wenn es schneit, bin ich vom Zählen befreit. Das unregelmäßige Gestöber entspannt mein inneres Zwei-vier-sechs-Schema. Dass niemals zwei identische Kristalle vom Himmel fallen, belebt mich. Die Muster, die man im Schnee ständig zu erkennen glaubt, schmelzen immer gleich zu Willkür und Zufall. Der Schnee kann etwas, was sonst nur die Nacht vermag: vereinfachen und klären, Eindeutigkeiten schaffen zwischen Hell und Dunkel. Aber der Winter ist vorbei, und die ersten Mädchen zeigen draußen schon wieder ihre weißen Beine.

Es stört mich, heute immer wieder die Stuhlbeine abzählen zu müssen. Zwei, vier. Zwei, vier. Zwei, vier. Zwei, vier. Zwei, vier. Stricken müsste man können, Maschen zählen. Leidenschaften beginnen widerwillig, bis sie dann, zu spät, um umzukehren, notwendig geworden sind. Als Schulkind sollte ich zu Hause einen Schal stricken. Ich hatte lustlos forstgrüne Wolle gewählt. Ich mag kein Grün und mochte es früher schon nicht. Von der Wolle gab es sehr viel, die Farbe war öde, aber aus Faulheit und Protest hatte ich mich gegen ansehnlichere Wolle entschieden. Wenige Stunden danach war es zum Aufhören zu spät. Der Schal wurde zu lang, um ihn zu tragen. Nach einem Tag und acht Metern legte ich das grüne Scheusal weg und gab auf. Seither bewundere ich Leute, die Strümpfe, Handschuhe und Schals nach menschlichem Maß anzufertigen vermögen. Ich beneide alle, für die es nie zu spät ist, um rechtzeitig aufzuhören.

Das Radio des Nachbarn bringt das nächste Gespräch mit einer Berühmtheit, die mir unbekannt ist. Ein alter Mann erzählt von den Vorhaben, die er nicht abschließen konnte, weil er zu alt dafür ist. In seiner Stimme Reue über die Versäumnisse. Er hat keine Zeit mehr, so zu tun, als hätte er alle Zeit der Welt. *Ich saufe nicht mehr*, sagt er traurig stolz. *Ich bin ein wenig traurig darüber, dass wir es versäumt haben, etwas daraus zu machen.* Im Plural sprechen macht die Reue erträglicher. Ich suche die Pinzette im Grasstaub. Die Langsamkeit alter Hände konnte ich schon als Kind nicht ausstehen.

Früher warteten meine Handschuhe darauf, dass es schneit. Handschuhe habe ich keine mehr, und ich bin zu alt, um neue zu kaufen. Die letzten Winter konnte ich meine Hände in den Manteltaschen lassen. Nur selten begegne ich jemandem, für den ich meine Hände herausnähme, um seine zu schütteln. Meine Hände bleiben auch ohne Handschuhe warm. Ich kaufe wenig und fasse nichts an. Ich halte keine Hundeleine in der Hand, ich halte keine Kinder an der Hand. Ich spaziere allein und bin niemandem untergehakt. Ich telefoniere nicht auf der Straße und winke niemandem zu. Also brauche ich keine Handschuhe mehr.

Fäustlinge wären mir, wenn schon, am liebsten. Sie rühren mich. Wie in einem Geheimversteck wähnen sich die Finger, unbeobachtet und unter sich, wie scheue Tierchen. Anders die Zehen: immer im Finstern der Schuhe und Strümpfe, selbst im Bett im Dunkeln unter der Decke, endlich frei, aber blind. Als überbehütete Körperteile müssen sie immer warm und trocken sein und haben höchst selten Kontakt mit anderen Körpern oder gar dem eigenen. Sie werden leichthin vernachlässigt. Wer wäscht sich täglich die Zehenzwischenräume? Wer weiß auswendig, wie die eigene Fußsohle aussieht? Ich vermisse die Zeit, in der ich schmerzfrei meine Fußsohlen anfassen konnte.

So wie ich meine Fußsohlen nicht anfassen kann, so erreiche ich meine Frau nicht durch Sprache. Manchmal war es ganz knapp. Auch meinen Rücken kenne ich kaum. Es gibt doch gute Gründe, mit einem anderen Menschen zusammenzuleben.

Zum Trost schaue ich mir im Internet ein aktuelles Foto meiner verlorenen Frau an. Auf der Website sehe ich sie mit sandfarbenem Pullover und knirschendem Lächeln. Es ärgert mich, dass sie sich mir entziehen konnte. Und es ärgert mich, dass ich Internetanschluss habe. Es stört mich, dass sie immer noch glaubt, das Opfer unserer alten Liebe sein zu dürfen.

Sollte sie mir nochmal begegnen, möchte ich vorbereitet sein: Ich will dann eine Sprache sprechen, die niemand versteht, und in dieser Sprache glaubhaft machen, dass ich sie vergessen habe. Sollte sie anrufen, würde ich lachen, um auf ihre nicht gestellten Fragen zu antworten. Für wen hält sie sich eigentlich? Ich weiß es nicht. Aber dass sie sich für jemanden hielt, genügt meiner Missgunst vollkommen. Aus Trotz suche ich ein altes Bewerbungsfoto von mir und melde mich mit dem Gesicht eines strahlenden Mitvierzigers bei einer Dating-Site an – unter dem verwegenen Spitznamen Johnny und in der Stadt, in der mein Bruder lebt.

Meine Online-Suche nach der Definition von *Prokrastination* ergibt, dass ich wenigstens nicht allein bin mit dem Gefühl, von meinen eigenen Verzögerungen verschleppt zu werden. Ein Wellnessanbieter wirbt mit Ferienschnäppchen in der Steiermark – ausgerechnet um mich und ausgerechnet da! Eine andere Werbung fordert mich dazu auf, eine *Green Card* in den USA zu beantragen und ein neues Auto Probe zu fahren. Überfordert von so viel möglicher Zukunft tippe ich das

Wort *Wald* ein. Er wird als erholsamer Ort beschrieben.

Ist es klug, in meinem Alter noch die Vorzüge eines spirituellen Lebens zu erwägen? Rät mir mein alternder Körper zu einer Religion, die mir später beim Sterben helfen soll? Aus Vorsicht glaube ich plötzlich an einen allwissenden Gott, der mich bei meinen opportunistischen Gedanken ertappt. Für den Fall, dass es diese Allmacht gibt, sollte ich mich sehr bald dafür entscheiden. Es macht so wenig Freude, zu spät zu sein.

Vierzehn Uhr achtundzwanzig

Das Internet ist doch nicht gegen mich: Die Ergebnisse der Bildersuche zum Begriff *Lattenrost* zeigen mir, wie sehr der Mensch im Liegen lebt. Schlafende Menschen sind rührend. Die Bettgestelle sehen verletzlich aus, so ganz ohne Matratze. Soll ich mich nochmal hinlegen? Stattdessen muss ich Milch kaufen.

Der Weg zum Einkaufszentrum ist kurz, aber voller Menschen. Die meisten tragen Sonnenbrillen, anders als ich. Sonnenbrillen sind mir peinlich, auch an anderen. Ich schaue weg. Im Hochsommer bleibt mir nur der Blick hinunter auf die Bäuche und Schuhe oder auf ihr Haar von hinten. Gesichtern mit Sonnenbrillen darin weiche ich aus, weil ich mich selbst nicht spiegeln will. Und weil ich die Augen der anderen nicht sehen kann.

Im Schaufenster des Lebensmittelgeschäfts stehen fünfstöckige Türme aus Klopapiervorratspackungen. Ich halte Toilettenpapier für ein Produkt, das keine Werbung braucht, und betrete den Laden. Die Klimaanlage bläst mir einen warmen Windvorhang ins Gesicht. Mein schlechtes Gewissen, wenn die Rolltreppe extra für mich Fahrt aufnimmt. Werbung für den Sommer und Verlustanzeigen im Supermarkt. Eine Katze ist entlaufen, eine andere ist jemandem zugelaufen, beide schwarz. Könnten sie nicht Platz tauschen? So denken nur Leute, denen Tiere gleichgültig sind. Tiere markieren ihre Plätze. Menschen markieren anders. Sobald sich ein Mensch niederlässt, nimmt er den Platz ganz ein. Berührt jemand ein Möbel zum zweiten Mal, gehört es bereits ihm. Wer nach ihm ankommt, ist schon ein Fremder. Ferienanfang heißt Neuanfang der Rangordnung. Auch am Strand fühlen sich die frühen Gäste schon ganz heimisch und den späteren Ankömmlingen überlegen. Selbst in einer Menschenschlange ist der Kopf dem Schwanz gegenüber herablassend, auch hier an der Supermarktkasse.

Die Plakate für die Sommerferien beweisen es: Wenn Menschen sehr spät Kinder bekommen, dann sehen sie als Eltern betulich aus. Der alte Vater ist zu müde für Ballspiele, die Mutter gibt sich Mühe, jung zu wirken. Ein tapferer Familienvater gräbt mit einem Plastikspaten und seinem Sohn ein tiefes Loch in den Sand. Vielleicht ist er Deutscher, die machen das angeblich überall so. Auf anderen Werbebildern gehen Menschen am Strand spazieren, große und kleine Menschen mit großen und kleinen Stöcken. Menschen, die den Rock trocken halten wollen, indem sie ihn hochheben. Die meisten spazieren am Meer entlang, als wäre es ein Menschenrecht. Es liegt nicht am Sand, nicht an der Sonne und nicht am Wind, es ist das Geräusch der Wellen, das alle anzieht. Auch Menschen, die auf Berge klettern, hoffen im Grunde nur, vom Gipfel aus das

Meer zu sehen. Nicht genug, dass man am Meer von Touristen umgeben ist, die sich nicht für solche halten, schlimmer noch, dass jeder nur da ist, weil die Gattin oder der Gatte zu denen gehört, die dazugehören wollen. Wie viele von ihnen habe ich vor meiner Pensionierung nutzlos durch die Lüfte befördert?

Menschen in den Ferien sagen alle ähnliche Dinge und alle zum gleichen Zweck: um sich des eigenen Platzes in der Kleingruppe zu versichern. Sie sitzen in ihrem Nachmittag wie in einer gemieteten Strandliege, zufrieden und gedankenarm, bis ein Bedürfnis sich meldet. Befriedigen ihre Lust auf Süßes, Flüssiges oder Salziges, dann auf die Toilette. Nachmittags ist der Tag schon so vergeudet, dass sich ein frischer Gedanke nicht mehr lohnt. Satt warten die Verdauenden auf ihren Heimflug.

Im Frühling kaufen sich meine Nachbarn ihre Sommerferien und bezahlen im Voraus. Ich kann es nicht ertragen, wenn jemand, dem ich nur schlecht aus dem Weg gehen kann, freimütig über seine Urlaubspläne spricht. Ich bleibe freiwillig zurück im ganzen Jahr und freue mich jedesmal, wenigstens ihre Topfpflanzen gießen zu müssen, um Eintritt zu erhalten in ihre Wohnungen mit Sofalandschaften vor Fernsehgeräten. Wie gern gehe ich dann darin herum, sehe die gerahmten Familienfotos an, auf denen alle ähnlich lächeln und sich in die Mitte drängen, aus Angst, nicht ganz auf dem Bild zu sein. Dann besichtige ich das Kühlschrankinnere, sehe nach, ob es frische Lebendhefe gibt. Dabei könnte ich versehentlich ein Hundenäpfchen mit dem Fuß umstoßen und wieder Ordnung machen, leise fluchend über den Trockenfuttergeruch, der trotz Abwesenheit von Tier und Halter in der Wohnung hängt. Schließlich ginge ich langsam durch alle Räume, ohne etwas anzufassen.

Stattdessen stehe ich hier zwischen den Regalreihen im klimatisierten Supermarkt und lege Oliven aus Griechenland in meinen Einkaufskorb.

Ich mache keinen Urlaub und freue mich jedes Mal, keine Unterhosen abgezählt, keine Zahnbürste vergessen und kein Mückenspray eingepackt zu haben. Urlaub heißt Sonnenbrand, ein sichtbares Souvenir für die schönste Zeit im Anderswo. Orte wie Folterstätten voller Gleichgesinnter, strapazierter Faulenzer, denen am Abend die hochverdiente Ruhe in einem fremden Bett winkt, an dessen Vorgeschichte sie keinen Gedanken verschwenden.

Kopfkissen in Hotels sind seltsame Berührungen mit der Welt. Sie gaukeln Geborgenheit vor und tun immer so, als wären sie für uns persönlich da. Mein Kopfkissen ist immer nur *meins*. Ein Kopfkissen lässt sich schlecht teilen.

An der Kasse sitzt eine Dame, die ein Wort des Trostes für mich übrighat, nicht nur Wechselgeld. Fast nichts beunruhigt mich noch, fast niemand macht mich nervös. Selbst mein Lampenfieber an der Supermarktkasse ist abgekühlt. Dabei ist Erröten so ein heißes Gefühl. Ich fasse Mut und gehe durch die automatische Schiebetür aus dem Einkaufszentrum, trete zurück aufs Trottoir wie auf eine Bühne. Manche Menschen gehen vom Einkaufen sehr selbstbewusst nach Hause, sogar wenn sie Klopapier tragen.

Auf dem Heimweg sehe ich, dass sich die Menschen zunehmend nachlässiger kleiden, alles eine Nummer zu klein und auch die Hosen zu eng und zu kurz. Wenn Kleider die Federn der Menschen sind, verkehren die Bewohner dieser Stadt in ständiger Mauser. Darum sehen wir einander an, wer wir gerne wären.

Wenn ich nicht aussehe, wie ich aussehen sollte, fühle ich mich als Verräter. Den Badestrand kann ich schlecht akzeptieren, weil dort meine langen Hosenbeine auffallen. Meine Mitmenschen helfen mir noch heute zu selten, die passende Haltung zu den Dingen einzunehmen.

Wie ich mich mit den Menschen wieder anfreunden kann: Indem ich in einer großen Stadt auf einem großen Platz zusehe, wie alle ziellos herumgehen. Jedem fehlt etwas, auch das Lächeln, jeder trägt seinen Defekt tapfer mit sich herum: einen schiefen Mund, ein lahmes Bein, trotzdem Schuhe mit Absatz, ein halbes Auge, einen dicken Leib, einen kahlen Kopf. Alle Menschen sind fast gleich hässlich, gerade darin kann ich sie mögen. Und wie sie aus ihren Körperraumschiffen in die

Welt schauen, ohne je den eigenen Hinterkopf gesehen zu haben.

Hier in der Fußgängerzone vergesse ich sogar kurz, dass die Erde eine Kugel ist. Wenn ich zu Fuß unterwegs bin, umgeben von Zweibeinern, die mir entgegenkommen, merke ich wieder, dass ich nicht aufhören kann, mein eigenes Unvermögen in ihren Gesichtern erkennen zu wollen. Menschen, für die ich mich heimlich schäme: Jogger, Eltern mit Kinderwagen, glücklich wirkende Schwangere, Teenager, Metzger, Frauen mit aufgespritzten Lippen. Sie alle tragen Turnschuhe.

Aus großer Ferne versuche ich zu enträtseln, wer sich mir nähert. Wenn ich wissen wollte, wie jemand ist, wie entschlossen, ängstlich oder aggressiv, ob eilig, pragmatisch, gründlich oder nervös, ich könnte es dem andern am Gang ablesen. Auf das richtige Schuhwerk kommt es an, auch bei den Männern.

Es beruhigt mich, in einer fremden Stadt nicht erkannt zu werden. Ich kann schon in meiner eigenen die Gesichter nicht zuordnen. Schon schaut mir jemand direkt ins Gesicht, und alles, was ich zu meiner Verteidigung erwidern kann, ist ein Lächeln. Ich grüße höflich zurück und gehe schnell weiter. Von hinten verrät mich auch nur mein Gang.

An der Straßenecke erkennt mich eine Nachbarin von vorne und wünscht mir einen guten Tag. Sie lobt meinen Hut, aber es kommt eben doch darauf an, aus welcher Richtung die Zustimmung kommt. Bleibt als Gemeinsamkeit ein gegenseitiges Ausweichen, so wünschte ich mir, jemandem lieber nicht begegnet zu sein. Aber ich kann keinem verbieten, mich zu mögen. Vielleicht mag ich auch deshalb keine Hunde. Zu oft leben sie mit Menschen zusammen, die ihre Treue nicht verdienen. Geborgenheit zu erwirken, indem man sich zum Rudelführer macht, kommt mir erbärmlich vor. Die Stimme, mit der ältere Damen zu Hunden sprechen, die ihnen nicht gehören, ist immer genau gleich. Es ist die Stimme, mit der Fremde Kinder ansprechen und nach Name und Alter fragen. Meistens beginnt der Satz mit *Na*. Seit eine Nachbarin sich einen Hund zugelegt hat, weiß ich, was ich vorher schon nicht an ihr mochte. Dass sich jemand etwas *zulegt*, lege ich jedem als Charakterschwäche aus. Auch sagen die meisten heute nicht mehr, dass sie sich etwas kaufen – sie *holen* es sich.

Kann ich mich nicht unsichtbar machen inmitten der Turnschuhträger? Ich merke an meinen Schuhen, dass ich alt geworden bin. Schon lange hat niemand mehr nach meinem Alter gefragt, und das ist ein verlässliches Zeichen dafür, dass ich alt geworden bin. Warum fragt man die Kleinen und Kleinsten immer nach ihrem Alter? Die Antworten lassen sich mit den Fingern beider Hände noch darstellen. Die Alten brauchen zu viele Hände und sind immer älter, als sie sich fühlen. Die Lust der Jungen, endlich volljährig zu sein, verrät die Lust darauf, endlich vollständig zu sein. Die Älteren sind dann alt, wenn sie beginnen, kleine Kinder nach dem Alter zu fragen. Oder danach, was sie später werden wollen, wenn damit wieder nur der Beruf gemeint ist.

Eine Schulklasse spaziert durch meine Straße, ich warte den bunten Schwarm aus sicherer Distanz ab. Ich meide Willkür und Lärm, dagegen bin ich machtlos. In der richtigen Tonlage vermag selbst ein Siebenjähriger meinen Standpunkt zu unterhöhlen. Auch ein Teenager, so ein besserwisserischer Halbmensch, kann mich mit einer klugen Bemerkung aus dem Gleichgewicht bringen. Mein Hunger auf Stille ist groß, und meine Abneigung gegen hastige Bewegungen wächst.

Wenn sogar Kindern auffällt, dass ich nicht hierhergehöre, wie soll ich es mich selbst glauben machen? Kinder sehen es mir an: mein Hadern, ob ich am richtigen Ort bin. Sie sehen auch, wenn ich mit dem Kopf woanders bin. Sie erkennen meine Fehlamplatzigkeit. Ich halte mich an der Grenze auf. Wer keine Grenzen empfindet, hat Glück. Orte, an die ich nicht gehöre: Ausflugsdampfer, Autobahnen, Badestrände, Einkaufspassagen, Friseursalons, Hotelrestaurants, Sandkästen, Schuhgeschäfte, Schwimmbäder, Skihütten, Spielplätze, Volksfeste, Wartezimmer.

Es scheint normal zu sein, an dem Ort zu bleiben, in dem man zur Welt gekommen ist, zumindest in dem Land meiner Kindheit. Diese Welt sollte für ein Leben genügen. Für mich ist es zu spät, dorthin zurückzukehren. Ein halbes Leben bin ich fort von dort und passe nicht mehr in die Stadt. Ich gehe zu schnell oder schlendere, wo es nicht vorgesehen ist. Bin zu den falschen Momenten draußen und zu den Öffnungszeiten daheim. Kaufe zu wenig ein, um der Wirtschaft zu nutzen, und verbrauche doch Wasser und Luft. Aber was soll aus meiner Vergangenheit werden? Ich sehne mich nach der Heimlichkeit meines Zuhauses und hoffe, dass niemand mich dabei beobachtet, wie ich zurückkehre.

Fünfzehn Uhr dreiundvierzig

Wieder in meiner Wohnung, stehe ich am Fenster und sehe den Kindern nach. Es sind dreiundzwanzig. Sie alle tragen gelbe Warnwesten, als machten sie eine Kraterwanderung auf dem Vesuv.

Die älteren Damen an den Fenstern gegenüber sitzen da wie Frauen, die auf ihre Männer warten. Was sie von dort aus sehen, nennen sie manchmal sogar *Heimat*. Welches Kissen wäre geeignet für mein Fensterbrett? Und auf wen sollte ich warten? Ich gehöre ungern zu ihnen. Es kann passieren, dass ich einsehe, was Zeitverschwendung ist, sobald es zu spät ist. Dann packt mich plötzliche Gelassenheit, weil es sowieso zu spät ist, nochmal von vorne zu beginnen. Ich habe etwas übrig für jene, die ungern die Richtung ändern. Das ist nicht Biederkeit, sondern Ausdauer.

Die Blumen am Haus gegenüber werden bald prächtig zu blühen beginnen, die Frauen sind schön und jung, und keine schaut in meine Richtung. Eine Dame winkt unten auf der Straße an mir vorbei. Dort hinten gehen Zwillinge. Es ärgert mich, dass die zwei Buben einander Spiegelbilder sein sollen. Das kann nicht gut enden, wenn beide immer die gleichen Hemdchen tragen. Gleicher Haarschnitt, gleiches Oberteil, trotzdem asynchrone Mimik. Was bewegt ihre Eltern täglich aufs Neue, ihre Kinder gleich zu kleiden? Nur an den Stimmen kann man sie auseinanderhalten.

Der schmale Mann, der am Haus vorübergeht, trägt eine flache Packung eingeschweißten Kochschinkens unter dem Oberarm. *Vorübergehend*: Dieses Wort klingt wie Trost. Vorübergehend geschlossen. Sollte ich einen Landgasthof in die Landschaft setzen?

Vom Fenster aus und in Miniatur auf meinem Küchentisch sieht die Welt erträglicher aus. Als ob sie so gehört. Also gebe ich dem Modell nochmal eine Chance, nehme die Figuren 1:65 aus ihrer Verpackung und stelle sie auf die frischgestreute Wiese. Sie sehen zu groß aus für die Landschaft um sie herum, die Bäume schrumpfen zu einem Bonsaigarten. Wo ist der Herr mit der Tragetasche unter dem Arm? *Ein Haus verliert nichts.* Von Omas Worten getröstet, begebe ich mich auf die Jagd. Die Ritzen hinter Bett und Schemeln, Teppichen, Kästen, Läden und Nischen zwingen mich zu langsamen Ermittlungen. Ich bin ein guter Finder. Sachen entdecken, die andere verloren glauben, macht mir Freude. Nicht selten konnte ich das vermisste Objekt seinem Besitzer übergeben, wie einen entlaufenen Welpen, der hilflos die erneuerte Treue seines Herrchens erhofft. Der Mann mit der Tragetasche liegt kopfüber neben meinem Schuh am Boden. Ich hebe ihn vorsichtig zu den anderen auf die Tischplatte zurück.

Schön, wenn da hinten im Moos ein paar Männer geduldig warten, bis ich sie losschicke, damit sie auf dem Waldweg dort als freizeittreue Flaneure umhergehen. Auf einer winzigen Picknickdecke sitzen später fleisch-

käsegesichtige Mütter, solche wie die, die in der Öffentlichkeit zu laut mit ihren Kindern sprechen. Solche, die
darüber wütend sind, nicht die einzigen Menschen auf
der Welt zu sein. Sobald man die festlich gekleidete Oma
dort hinten am See an ihre Sturheit erinnert, tut sie so, als
wäre die Batterie ihres Hörgeräts leer.

Hinten, unter dem Hügel, muss ich einen Trafo ein-
bauen, damit die Eisenbahn irgendwann einmal durch
meine Landschaft fahren kann. Ich mag die Entschlos-
senheit abfahrender Züge. Zuspätkommen war mir immer abgenommen. Der Luxus einer Bahnfahrt besteht
darin, ohnmächtig zu sein. Wer Bahn fährt, ist seiner
Pflicht nachgekommen, rechtzeitig an Bord zu gehen,
und bis zur Ankunft ist die Verantwortung ausgeliehen
und unpersönlich. Endlich eine Stunde allein, satt und
wach, im Trockenen und unbemerkt.

Ich mag das seltene Gefühl von Hilflosigkeit, wenn ein
Zug ausfällt oder auf offener Strecke liegenbleibt. Auch
wenn man sich die Begleitung nicht aussuchen kann.
Einmal, als der Zug auch nach einer Viertelstunde noch
dalag wie ein schlafender Riesensäuger, war ich gemeinsam mit einem Mann im Abteil gefangen. Wenn
er sprach, raschelte es. Er war gut gekleidet, seine Hosen hatten die richtige Länge, nur sein Hemd saß zu lo-
cker. Die Manschettenknöpfe waren offen, das machte
mir Sorgen. Er konnte lange Sätze sprechen, deren Ende
kaum absehbar war, ein Wort gab das nächste, wie ein
schöner Zaun. Die kleine Notlage machte das Abteil zu

einem Wartezimmer mitten in der Landschaft, es sah aus wie in der Gegend um Rom. Erst nach einer Stunde ersehnte ich den geeigneten Moment, um den Feueralarm auszulösen, damit das Gespräch aufhört.

Ich habe besondere Fähigkeiten, eine davon ist eher lästig: meine Begeisterungsfähigkeit für Fremde. Ich kann mich sogar begeistern für Menschen, vor denen ich keine Achtung habe. Aus Vorsicht lerne ich nicht zu viele neue Leute kennen. Es kann vorkommen, dass ich an jemanden gerate, der mich mit seinem Witz und seiner Intelligenz für sich einnimmt wie eine gefallene Festung. Hingerissen von der Wortwahl, mit der jemand meine Aufmerksamkeit genau auf die Dinge lenkt, die mir auch allein gefallen würden, bin ich entwaffnet. Erscheint mir jemand intelligent, so bin ich ausgeliefert an die Sucht, möglichst viel mit ihm zu sprechen. Als wären Worte Rätsel, die zu entschlüsseln mir vorbehalten ist. Dann kann ich ganz vergessen, wie kurz und untief unsere Bekanntschaft ist.

Mein Radio-Nachbar könnte so einer sein. Sofort befällt mich Neid, wenn ich ihn mit seinen Freunden unter mir lachen höre. Es ist mir nicht recht, dass er strikt die Grenze zieht zwischen Freunden und Nachbarn und dass ich wegen einer gemeinsamen Wohnadresse niemals zu Ersteren zählen werde. Die unberechenbare Zuneigung zu manchen Menschen macht mich rasend. Angestachelt von Menschen, die sich durch ein paar Worte zufällig für meine übertriebene Liebesbereitschaft qualifizieren, kann ich aufdringlich, fordernd und anmaßend sein. Maßlosigkeit ist meine größte Schwäche, sie zwingt mich zum Abstandnehmen. Aber Männer in einem gewissen Alter müssen die Gewitter ihrer Gefühle schweigend ertragen, wie Regen ohne Schirm.

Einmal traf ich meinen alten Vater am Bahnhof in Rom im Café in der Haupthalle des *Termini*, links. Er war gekommen, um ein Fußballspiel zu sehen, und ich hatte Pause zwischen zwei Kurzstreckenflügen. Ich ging davon aus, ihn in seinem hellen Leinenanzug anzutreffen, unter seinem beigen Borsalino, mit feistem Blick unter der Hutkrempe. Stattdessen wartete da ein Mann mit Rucksack und Regenjacke und einer roten, sonnengebleichten Schirmmütze seines Fußballvereins auf dem Kopf. Wir kamen ins Gespräch über seine Mutter und unterhielten uns über seine eigentümlich typische Jugend im Krieg. Er sagte, er lebe seitdem in einer nicht enden wollenden Nachkriegszeit, denn er traue dem angeblichen Frieden nicht und er scheue den Konsum. Da wurde mir seine alte rote Schirmmütze auf einmal sympathisch. Er brauchte keine neue, solange er auf jene achtgab.

Sobald ich ein Kleidungsstück verliere, geht es mit mir durch. Damals in Rom war es ein Jackett. Kein teures, das helle Innenfutter war längst fadenscheinig. Aber ich ging dennoch zurück zu dem Café, in dem ich es vergessen hatte, und erbat es mir, plötzlich des Italienischen mächtig. Im fordernden Tonfall sind mir Fremdsprachen gleich vertraut.

Sechzehn Uhr

Die Glocken schlagen viermal für die volle Stunde, viermal für die Tageszeit. Die Landschaft auf dem Tisch beschämt mich. Das Werkzeug ruht neben den Tütchen mit den Naturminiaturen, die Schere liegt mit offenem Maul auf dem Frühstücksteller und bedroht die Schinkenreste darunter, die Verpackungskartons stehen auf einem Bündel alter Zeitungen auf dem Boden neben dem Kochherd. *Selbstgemacht* heißt, eine eigene Anordnung gefunden zu haben für die Dinge, die auch jemand anderem in die Hände hätten fallen können. Hatten diese Gegenstände Glück, die Wohnung mit mir zu teilen? Sie können nicht weg von hier, und solange ich sie brauche und an ihnen festhalte, gehen sie nirgendwo hin.

Was denkt die Nachbarin, wenn sie mich durchs Fenster so sitzen sieht? Sieht sie mich überhaupt? Zu oft denke ich an den Blick der anderen und habe doch zu wenig Respekt davor, was sie wohl denken mögen über das Bild, das ich abgebe. Immerhin gelte ich als ein gepflegter älterer Herr. Wenn wir schon freiwillig in Rudeln leben, dann vielleicht deshalb, weil wir getrost darauf vertrauen können, dass unsere nahen Artgenossen das, was sie täglich sehen, nicht mehr prüfend wahrnehmen. Ein Bild, das wir ständig sehen, wird unsichtbar, und mit ihm dessen Makel. Ein Gesicht, das uns ständig vor Augen ist, haben wir uns angewöhnt. Darin liegt das Geschäftsmodell der Friseure.

Die flotten Farben der Saison auf den sonst weißen Haaren meiner Nachbarin vom dritten Stock erinnern mich daran, dass *Innovation* auch einfach eine neue Haarfarbe bedeuten kann. Und die Modemacher haben in diesem Frühling wohl beschlossen, dass kein Mensch ohne ein senfgelbes Kleidungsstück auskommt. Jeder Seidenschal des noch jungen Jahres kommt in der neuen Farbe der Saison daher. Jacken und Blousons sind senfgelb, ebenso manche Taschen und sogar Schuhe. Dort hinten steht ein relativ junger Mann mit einer senfgelben Kappe auf dem Kopf, die er sich mit Absicht nicht über die Ohren gezogen hat. Sie scheint zu ihm zu gehören wie seine Schuhgröße und sein Beruf. Vielleicht ist er Grafiker mit einem großen Freundeskreis? Kennt er meine Exfrau, ist er ihr Webdesigner? Meine Eifersucht ist nicht mit den vollen Kleiderkisten meiner Frau aus der Wohnung getragen worden. Sie wächst mit jedem Jahr und reibt sich gern an den schönen Gesichtern fremder Männer, die ledig aussehen, aber vielleicht mit ihr schlafen. Meine Exfrau sieht gut aus für ihr Alter, und weil sie klug ist, machen Gespräche mit ihr im Dunkeln nach dem Sex Freude. Auch im Dunkeln sieht sie Dinge anders als die meisten. Das fehlt mir, das habe ich nicht bedacht. Nächstes Jahr kommt Petrolblau.

Ich zähle die Fenster auf der Hausfassade gegenüber, es sind immer noch sechzehn. Einige Fenster sind so nah, dass ich in die Wohnungen der Nachbarn schauen kann wie auf kleine Bühnen. Ich lebe mit Blick auf das Diorama mir fremder Zeitgenossen. Die Einrichtung ihrer Wohnungen belohnen mein Interesse. Mitten im verstellten Bausatzmöbelleben, falsch eingerichtet in den eigenen Gewohnheiten, steht der Fernseher günstig, sodass ich auf dem enormen Bildschirm das Vorabendprogramm mitschauen kann. Ohne Ton wirken die kantig geschnittenen bunten Bilder immer wie grelle Reklame für ein anderes Leben. Die Wohnzimmersessel stehen schräg zum Fenster und erlauben mir meistens gute Sicht aufs unbewegte Halbprofil des darin Sitzenden.

Durch die Fenster der Nachbarn sehe ich, dass sie mit der Menge an Dingen kämpfen, die sie sich in ihre Wohnungen geholt haben. Die vielen unbenutzten Schuhe, versteckt in mannshohen Klappschränken, Taschen, Jacken, Rucksäcke an überfüllten Garderoben, Türen und Vorhänge, Falttüren, die Elektrogeräte, Trockenhauben, Massagekissen und Handstaubsauger verbergen. Aber es lohnt sich nicht, diese Verstecke zu betrauern. Manche Menschen mögen Wände nur, wenn sie sich täglich auf- und zumachen lassen.

Die Küchen sind so eingerichtet, dass ich bequem schauen kann, was es heute zu essen gibt. Die zwei Kinderzimmer mit den Vorhängen, auf denen bunte Planeten aufgedruckt sind, gehören bestimmt Geschwistern. Eines der Kinder liegt nachts oft mit einem Smartphone im Bett oder spielt Videospiele bis Mitternacht. Das andere übt mittwochs und samstags Cello und sieht müde dabei aus. Ich kann nicht hören, ob es Fortschritte macht. Eine Frau im Geschoss darunter lüftet fast den ganzen Tag ihr Schlafzimmer, ihr Bett ist immer frisch gemacht. Sie hat einen kleinen Globus daneben stehen, der bis vor ein paar Wochen nachts geleuchtet hat. Vielleicht sollte ich ihr eine neue Glühbirne kaufen, ich kenne einen Laden, der sie noch führt. Aber ich möchte keinen Kontakt aufnehmen und kein Aufsehen erregen. Ich muss verhindern, dass sich noch mehr Nachbarn Vorhänge anschaffen. Der Hund im Leben gegenüber lässt sich vom Bedürfnis seines einsamen Herrchens bereitwillig missbrauchen. Getätschelt und wollig dösen beide vor dem Actionfilm im Wohnzimmer ein.

Die Bewohner dieser geräumigen Wohnungen sind Kinder derjenigen, die vom letzten Krieg nichts behalten haben als die Wut auf die Weltgeschichte. Bald konnten sie sich mehr leisten, als sie brauchten. Ihre Söhne wollten lieber Fußball spielen als Klavier, die Töchter verliebten sich früh, nahmen die Pille und wurden Krankenschwestern in der benachbarten Stadt. Kugelgrill, Liegestuhl, Mini-Pool und Blasebalg: Keine Generation vor der meinen war jemals mehr davon überzeugt, das Leben schulde ihnen das alles. Besonders richtig haben es die gemacht, die nun endlich *verrentnert* sind und heute vor ihrem Lebensende immer noch glauben, die Welt hinge von ihrem Wohlbefinden ab.

Carpe diem: Die Losung gibt es auf Kühlschrank-
magneten zu kaufen. Wozu sollte sich jemand täglich
daran erinnern, dass das Leben kurz, aber schön ist?
Bücher über Botanik oder geologische Lexika, auch
Chemie und Physik können helfen einzusehen, dass die
Erde den Menschen nicht braucht. Ohnmacht ist meine
liebste Angst: Sie sagt, dass es mich genauso gut nicht
geben könnte.

Wären wir Menschen bereits ausgerottet, ich hätte immerhin keine Gelegenheit mehr, neugierig aus dem
Fenster zu schauen. Ich kann das täglich tun, ohne
Strafe zu befürchten: drinnen sitzen und herausschimp-
fen auf die Mitmenschen. Es ist billig und herablassend
von mir, den anderen zuzuschauen, als wären wir nicht
verwandt. Aber so bin ich auch. So will ich nicht sein,
aber auch ich kann mich nicht fügen. Und ich kann
nicht mehr fliegen und mich nicht mäßigen und mich
nur selten selbst vergessen. Ich bin mir aufdringlich
nahe, es wird mir eng mit mir. Sogar die Maschen meines herumliegenden Wollpullovers lenken mich ab.
Vielleicht ist er handgestrickt, denn er war teuer. Vielleicht hat jemand, den ich nicht kenne, mit dicken Na-
deln die meterlange Wolle eigenhändig zu den Schlau-
fen gewunden, die mich wärmen.

Nein, ich bin nicht einsam und nicht immer ganz allein,
ich gelte sogar als sozial. Manchmal ist ein ehemaliger
Kollege zu Besuch in der Stadt, der sich auf das Muse-

um und die Bar am Wasser freut und gerne eine Nacht länger bleibt als geplant. Am nächsten Morgen bringe ich dann Kräutertee ins Gästezimmer, obwohl sich der Schlafgast nach einem doppelten Espresso sehnt. Auch ein Gastgeber hat mal schlechte Laune. Ich werde nächstes Mal im Bett bleiben, wenn ich aufstehe.

Der Freund ist treu und kommt immer wieder, pünktlich zur Kunstmesse, wo meine Exfrau ihre neuen Werke zeigt. Jahr um Jahr ist er bei mir zu Gast und schwärmt von ihr, bis die Nacht und zwei Flaschen Wein zur Neige gehen. Zu zweit lassen sich Verluste leichter ertragen. Dieser alte Freund war in allem besser als ich. Letztes Mal hätte ich ihn fast nicht erkannt, weil er plötzlich Haare hatte. Er sah unmöglich aus, so ohne Glatze.

Mein Freund geht immer irgendwann fort, nach Hause, und ich liege dann im eigenen Gästezimmer und warte darauf, dass sich der Schlüssel im Schloss dreht. An der Zimmerdecke über dem Bett verlaufen dreizehn Holzstreben. Warum keine gerade Zahl? Warum hat der Schreiner nicht mitgedacht? Wenn ich im Bett liege und nichts tue außer atmen und schauen, dann fühle ich mich als Nichtsnutz. Niemand sieht mich nichts tun, nicht mal meine Nachbarin.

Ich habe gute Laune, weil ich heute nicht sprechen musste. Bis auf das Dankeschön vorhin an der Supermarktkasse und am Morgen im Modellbauladen. Ich will mich ausbreiten wie eine Landschaft, zu der man sich bekennen kann. Ich schaue aus dem Fenster, weil ich nicht mit dem Berg vor mir beginnen mag. Wie sich die Natur in dieser Landschaft an ihre Aufgabe hält, bezaubernd zu sein, begeistert mich. Allerdings setzt es mich unter Druck, an alle Knospen zu denken, die gleichzeitig sprießen, allein schon nur an die direkt vor meinem Fenster. Ich schaffe es nicht, die Spaziergänger als Teil der Natur zu sehen. Haben andere Tiere auch solche Mühe, davon abzusehen, dass sie mit ihren Artgenossen verwandt sind? Es nützt nichts, alle schätzen einander ein, am Federkleid, an der Hautfarbe, der Frisur, dem Schuhwerk und der Gesellschaft, in der sie sich bewegen. An aufgeräumten Orten wie diesem könnte man glauben, die Ewigkeit habe schon begonnen.

Bin ich mir selbst die größte Gefahr? Ich will mich heute nicht um Kopf und Kragen reden. Vorhin habe ich drei Frauen gesehen mit einem Spazierstock als Gehhilfe. Alle sahen jünger aus als ich. Wie sie humpeln, die Unversehrten! Nachlässigkeit kann ich schlecht dulden, bei anderen. Bei mir selbst nenne ich es Selbstbewusstsein. Oder Gelassenheit. Jedenfalls etwas, was mir fehlt.

Hätte ich einen Überblick über meine derzeitige Lage, wäre mir schwindlig von der flachen Weite. Mikroskopische Topografie, die mir nur aus der Froschperspektive einen Berg aus einem Häufchen macht. Wozu dient die neue Landschaft ihren Benutzern?

Ich muss noch einmal hinaus, bevor ich weiterbaue, aber so ein Spaziergang macht mir schon vor dem Schuhebinden Mühe. Ich kann die Schnürsenkel nur binden, wenn ich dabei nicht zusehe. Sobald ich hinschaue und mich darauf konzentriere, verheddere ich mich. Nimm die eine Schlaufe mit den Fingern der linken Hand, die andere zwischen rechten Zeigefinger und Daumen, lege beide aufeinander, ziehe die rechte Schlaufe an der äußersten Kurve unter der anderen Schlaufe durch und ziehe beide fest. Ich weiß das aus dem erinnerten Gefühl, gesehen habe ich es seit Langem nicht mehr. Ich muss mich blind stellen bei den Dingen, die ich gut kann.

Bevor ich die Wohnung verlasse, schaue ich in alle Räume. Manchmal enttäuscht es mich, dass dort nirgends jemand aufblickt, niemand mitkommen mag in die Welt der mir Unbekannten. Ich brauche die anderen ja, auch wenn mir das unangenehm ist.

Mein Schuhwerk begleitet mich noch einmal hinaus. Es tut meiner Demut gut, mit den Pendlern im frühen Feierabendverkehr in ihre Wohngegenden zu fahren. Alle Köpfe wippen im gleichen Takt der Trägheit, wenn der Bus bremst. Müde Angestellte allen Alters sind mir lieber als die putzigen, munteren Wanderer zu den Stoßzeiten an den Wochenenden. Meine demonstrative Nicht-Zugehörigkeit macht mich zu Ihresgleichen. Auch in einem Flugzeug wäre ich lieber allein in einer Sitzreihe und kann es dann nicht lassen, mich glücklich zu schätzen, wenn mir mein Sitznachbar sympathisch ist. Was kann er dafür? Ich lausche den fremden Stimmen. Ich mag menschliche Stimmen, mehr als die zugehörigen Gesichter und Körper. Unsichtbare Stimmen höre ich immer gern. Ich schätze das Maß an Vertrautheit, Höflichkeit und Eloquenz. Woher kommt dieser Mensch? Wie alt ist er? Hat er ein Haustier? Welche Musik hört er gern? Die Vergangenheit eines Menschen erzählt sich in der Stimme. Klang, Lautstärke, Artikulation. Gesellschaft, Bildung, Kinderstube.

Rücken an Rücken mit Unbekannten wünschte ich, ihre Gesichter und Körper wären wenigstens halb so schön wie ihre Stimmen, und werde enttäuscht. Bleiche dünne Haut, Tätowierungen, große Münder, die sich nicht schließen wollen, breite Beine in zu kurzen Hosen, Männer in bedruckten T-Shirts mit Markennamen oder Band-Logos und Frauen, die in pfirsichfarbenen Leggings und mit gleichfarbigen Haaren über die verpatzte Tönung beim Friseur klagen. Hundehalter, Eigentlich-Autofahrer, Urlauber, essend und sprechend, laut und unübersehbar.

Ihre abwesenden Blicke gehen mich nichts an, und ich spreche mit niemandem. So hat auch niemand Gelegenheit, mich abstoßender zu finden als meine Stimme. Es ist mir peinlich, in der Öffentlichkeit zu reden, auch in einem Zug oder einer Tram. Auch mit einem mitreisenden Freund will ich dann lieber nicht reden. Nur bei den routinierten Durchsagen vom Cockpit aus hat es mir Freude gemacht, gehört zu werden. Sind sie nun wirklich ein Vorteil, all die verschiedenen Sprachen? Der Vorteil liegt darin, dass man nicht alle versteht. Ich vermute immer, Gespräche in einer mir fremden Sprache seien gehaltvoller als die in jenen, die ich beherrsche. Ich genieße es, Unterhaltungen in Sprachen zu lauschen, die ich kein bisschen verstehe. Aber auch diese Menschen lästern, neiden und lügen.

Sobald ich unter Leuten bin, sehe ich mich selbst von hinten. Mein Zorn ärgert mich. Warum verschwende ich meine Zeit mit Häme über die anderen, zu denen ich nicht gehören möchte? Warum sind mir die Menschen nicht egal, wozu schäme ich mich für sie? Nur weil sie mir ähneln und, schlimmer noch: ich ihnen?

Sechzehn Uhr fünfzig

Auf der Suche nach Ruhe bin ich versehentlich im touristischen Epizentrum der Stadt gelandet. Von der Panoramaterrasse am See hat man wieder nur Aussicht auf die reglose Landschaft. Es kommt mir wie Luxus vor, wenn ich mich entscheiden kann, allein an einem Ort zu sein, an dem ich nicht erwartet werde und niemanden zu treffen beabsichtige. Die Kellnerin im Restaurant wirkt erstaunt, mich hier zu sehen, und so geht es mir auch. Ich übe, normal zu erscheinen, unauffällig und nicht permanent im Weg zu sein. Niemand sieht mir meine Zweifel an.

Ich bin so ungern im Weg, dass ich immer viel zu früh ins Theater gehe, um die anderen Zuschauer nicht zu stören, wenn ich an meinen Platz gelangen will. Oft sitze ich eine halbe Stunde früher im Parkett und warte, bis alle eingetroffen sind. Das Gleiche im Kino. Aber der Überblick, der Blick auf die Hinterköpfe der anderen vermittelt mir immer ein kurzes Gefühl der Zugehörigkeit. Wie das öffentliche Kaffeetrinken auf dieser schattigen Sonnenterasse.

Die ansässige Jugend ist so wie überall, hat ein Mofa mit glänzendem Sattel und pflegt den ersten Flaum über der Oberlippe. Keine Mädchen in Sicht. Sonst gibt es an solchen Uferpromenaden nur Menschen, die freiwillig hier sind, kurz bleiben und zu viel bezahlen für die wenigen Stunden im Paradies.

Die demonstrative Gelassenheit der Gäste ist ein sicheres Zeichen für Wohlstand. Ein Vater kümmert sich um seine sozialen Netzwerke, nicht um seine Kinder. Macht aber nichts, er ist damit nicht allein. Die Neugier für ihre abwesenden Freunde hat manche Menschen zu nutzloser Tischgesellschaft gemacht. *Gesellschaft* ist so ein Wort: Es behauptet Geselligkeit. Die anderen sind die Grenze. Die anderen zeigen mir, wo meine Grenzen liegen.

Salz und Pfeffer stehen artig nebeneinander auf dem runden Tischchen vor mir. Sollte ich mir wünschen, eine der Mühlen zu sein, und wenn ja, welche? Manche hier sprechen ihre Muttersprache oder gar nicht miteinander. In ihrer Mitte fühle ich mich wie in den Ferien und weniger auf der Flucht. Das Fremdsein macht die Erholung aus. Ich werde weiterhin mild lächeln, damit die anderen Gäste keinen Verdacht schöpfen.

Ich bezahle den Kaffee und spaziere gemächlich zurück hinunter zum See. Wo soll ich mich verstecken? Parkbänke sind Orte der Unverbindlichkeit, fast nirgendwo kann man sich besser verstecken als auf einer Parkbank. Der Platz neben mir bleibt leer. Während ich dort sitze, bin ich jemand, der auf einer Parkbank sitzt. Ein Mann, der sich Zeit nimmt zum Sitzen. Ein Mitmensch, der zu sich kommt. Ein sitzender Zeitgenosse. Alle Passanten können ihn sehen, auch aus der vorbeifahrenden Tram. Sie alle profitieren von seinem Anblick, indem sie sich vorstellen, wie es sich anfühlt, da zu sitzen. Eine freundliche Geste an alle, auszuruhen.

Wer sagt mir, dass ich sitzen bleiben darf? Wer weist mir den Weg, wenn ich aufstehe? Es gehört sich nicht, nutzlos in der Stadt herumzusitzen, zu sitzen, ohne einen Beitrag zu leisten. Sitzordnungen sind auch Ordnungen. Auf Parkbänke bezogen regeln sie das geordnete Verweilen im Stadtraum, auch wenn die Bank nicht im Park steht. So kann ich sitzend vorgeben, mich auszuruhen, ohne aufzufallen. Ich bin alt genug dafür. Dennoch ist mein Herumsitzen ein heimliches Herumlungern. Langeweile kommt auf, wenn einem die Zeit verschwendet vorkommt. Während man Kindern nachsagt, dass sie in der Langeweile das Spiel entdecken, so gelten gelangweilte Erwachsene als Schande. Leistung ist Leistung auch für andere. Jeder Einzelne leitet daraus sein Selbstwertgefühl und seinen Gesellschaftswert ab. Mir ist unklar, ob ich mich über die Mühe, die es mir macht, still zu sitzen, freuen sollte. Ich *warte*, sage ich mir und glaube, einer sinnvollen Beschäftigung nachzugehen, indem ich warte. Ich tue so, als wartete ich auf jemanden, also tue ich etwas für andere. Nur so ertrage ich, dass die Zeit in den schleichenden Schatten nutzlos verstreicht, nur so bringe ich die Geduld für den aufkommenden Wind auf. Meine Sympathie gilt denen, die lächeln, weil sie jetzt auch anderswo sein könnten, um dort ein schlechteres Leben zu führen, während sie sich im öffentlichen Raum dieser sonst so nassen Stadt bewegen. Dabei spielt das Wetter keine unwesentliche Rolle. Wir sind ihm ausgeliefert, und es bestimmt unsere Aufenthaltswahrscheinlichkeiten. Niemand setzt sich zu mir, und ich bin erleichtert.

Die Stadt ist ein unbehaglicher Ort, weil alle so tun, als wüssten sie, wohin sie wollen. Jeder scheint ein nahes Ziel zu haben und hat es eilig, dort anzukommen. Ich muss warten und gehe zu der Brücke, auf der man kurz stehen bleiben darf, ohne zu sehr aufzufallen. Von dort aus kann ich ins Wasser schauen und so tun, als wäre ich bewegt von der Strömung des Flusses. Was sehen die Fremden hier, was sehen sie in mir, unterwegs, hastig und ernst? Bleibt eine Gruppe von Menschen stehen, macht sie sich dem ortsansässigen Bewohner damit sofort verdächtig. Immerhin trage ich saubere Kleidung und bettle nicht. Und solange sie nur gütig lächeln, sind alte Männer als glückliche Rentner anerkannte Einheimische im Trubel der Stadt. Statisten vor der Alterspyramide.

In Sichtweite der Park am See: Jeder der dicken Männer am Binnenstrand hat Nachwuchs dabei. Meistens denke ich schneller, als mir lieb ist: *Musste das sein?* Wer außer den Großeltern hat auf diese Kinder gehofft? Schamlosigkeit und Hemmungslosigkeit sind zwar hässlich, aber nur für die anderen. Lieb, das Pärchen auf der Picknickdecke, eng Seite an Seite, das seine Zukunft direkt vor sich liegen sieht.

Die gepflegte ältere Dame auf der Parkbank weiter vorne liest ein Comic-Heft aus den achtziger Jahren. Sie muss damals um die dreißig gewesen sein, sie und der Held der Geschichte sehen jünger aus als ich. Die straffen Körper auf den Bildern sehen gut aus, trotzdem fühle ich mich auch hingezogen zu den Lädierten: Ein winziger körperlicher Makel, ein Zungenschlag, eine kleine Schwäche, und auch der Vorname ist wichtig. Manchen Vornamen weiche ich aus, und an bestimmten Tagen reicht schon ein falscher Konsonant. Das R ist mir fremd, es sieht aggressiv aus, es macht mir Angst. *Angst* sollte ein Wort sein, das mit R beginnt. *Rangst*. Menschen, die Ralf heißen, machen mir ebenfalls Angst. Ein Ralf wohnte im gleichen Mietshaus wie meine Familie, er hat mich nach der Schule immer vor der Tür abgepasst und in den Keller geführt, um mit mir zu spielen. Heimlich und leise, bis auf seinen Atem, der nach saurem Speichel und kaltem Zigarettenrauch roch, war nichts zu hören. Was wohl aus ihm geworden ist?

Andere Menschen beschäftigen mich maßlos. Auch Fremde. Nicht die Bäcker, Schneider, Architektinnen, Chemikerinnen. Nicht die Ärzte, Ingenieure, Lehrer. Nicht die Flugbegleiter, Pilotinnen, Zugchauffeure. Nicht die Intendanzen und Direktorate. Aber die Menschen in ihrer Freizeit. Menschen sind wie Affen im Zoo: Selbst wenn sie wissen, dass sie in einer Rundumversorgung gefangen sind, denken sie lieber an die nächste Banane als an die Bananenbäume außerhalb des Zauns. Und ich bin der Alte im Baum, der sich mit einer Feder am Bauch kratzt.

Die *echten* Fremden, die ich nicht verstehe, weil ihre Sprache mir nicht gehört, ich ihre Gesichter nicht erkenne, ihre Stimmen nie vernommen habe – wie kann ich mit ihnen ein *Wir* werden? Dort sind jene, die laufen und vorbeigehen an denen, die sitzen und liegen. Beide Gruppen sehen einander kaum an. Beide wissen, wer zuerst da war.

Wozu nehme ich an dieser Freizeitveranstaltung teil? Wer in dieser Stadt lebt, hat täglich das Privileg vor Augen, mit dem Ausflugsdampfer fahren zu können und es aus Gewohnheit nie zu tun. Was ich sonst noch nicht mag: Kindergeburtstage mit nur Mädchen oder nur Knaben; nasses Haar außerhalb der Wohnung, jeder Wohnung, egal von wem; Körperbehaarung, besonders bei Männern. Jogger, zu dünne Mädchen mit nackten Beinen; Leute, die sich selbst fotografieren und dabei die Landschaft hinter sich verdecken. Manche haben dafür einen Stecken dabei, an dem sie ihr Telefon anschrauben. Was kann ich dafür, dass ich wie alle immer die beste Aussicht haben möchte? Ich muss auf zahllosen Urlaubsfotos von Fremden zu sehen sein, ein Mann in grauem Sakko, mit einer dünnen Brille und Hut, der geradewegs in die Kamera schaut, ohne zu lächeln. Mir ist nicht klar, warum Menschen mit entblößten Zähnen erinnert werden wollen. Schlimm genug, dass Worte, Atem und Nahrung sich eine Körperöffnung teilen müssen. Auf Fotos sollte das Gesicht sprechen, nicht wie sonst unablässig der Mund. Neidisch bin ich auf jene, die sich gar nichts übelnehmen. Manche Männer

hier sehen aus wie Halbwüchsige, und manche Halbwüchsige sehen schon jung aus wie alte Männer ohne
Zukunft.

Was ich können möchte: Die Zeit anhalten, ohne
rot zu werden. Und ich will gleichmütig sein können,
und nicht nach einem kleinen Missgeschick gleich die
ganze Bude in Brand stecken und mich am liebsten ins
Feuer hinterherwerfen. Ich bin unbeobachtet und allein, ein Statist in der Stadt, ein gesunder Bewohner mit
unvollständigen Erinnerungen und undeutlichen Zie-
len, der dafür sorgt, dass sie lebendig wirkt.

Die Geisterfahrt durch die Stadt der Mitmenschen tut
mir gut. Ich lasse die Parkbank leer zurück und folge einer kleinen Gruppe von Spaziergängern, die aufmerk-
sam die Köpfe heben und ergriffen scheinen von der
Vollkommenheit dieser Landschaft. Ein anderer geht zu
langsam für seine Umgebung und auf mich zu, ohne
aufzusehen. Eine Dame überholt ihn links, atmet tief
aus, weil sie seinetwegen die Spur wechseln muss. Ihr
Blick verrät die Eile, nirgendwo anzukommen. Ein
Pfarrer geht in Kutte über den Zebrastreifen, gemessen
wie vor seinem Altar. Ob er jemals rennen würde können, wenigstens wenn er einen Zug erreichen müsste?
Er wirkt wie jemand, der nie zu spät kommen kann. Ein
Buschauffeur sitzt stolz im Schatten seiner Pause und
wartet geduldig darauf, von einem Kollegen im Omni-
bus abgeholt zu werden. Beide können auf ihre Pünktlichkeit vertrauen. Unten in der Kurve lässt ein Lastwa-

genfahrer einer Frau mit Kinderwagen den Vortritt. Ein neuer Pächter hat sich in den Räumlichkeiten der geschlossenen Bankfiliale eingerichtet: ein Fitness-Studio, das nicht auf meinen Besuch hoffen darf. Auch Datteln und Popcorn sind nicht für mich auf dem Markt. Drei Teenager mit roter Haut und je einer Dose Energy-Drink in der Hand schauen einer jungen Frau nach, die in neonorangen Turnschuhen über das Trottoir huscht. Auf der Fußgängerinsel einer großen Kreuzung fühle ich mich immer ganz wach und gewollt. Ich lasse die Ampel zweimal auf Rot und wieder auf Grün springen, bevor ich mit sicherem Schritt und aufgemuntert aufs andere Ufer zugehe.

Siebzehn Uhr fünfzig

Mein Hausarzt will mich sehen, bevor er die Praxis für immer schließt. Mein Kalender hat mich wochenlang darauf vorbereitet. Die Fahrt zum Modellbauladen heute Morgen diente auch wieder nur dem Aufschub und dazu, nicht wieder viel zu früh beim Arzt zu sein. Die Praxis ist in einem Altbau im ersten Stock untergebracht. Sie war wohl einmal eine herrschaftliche Wohnung, ein Flur führt zu insgesamt neun Zimmern. In einem davon soll ich warten, bis jemand meinen Nachnamen ruft. Einen Mann, der kurz nach mir das Wartezimmer betritt, habe ich schon irgendwo gesehen, von Weitem, in einem fernen Stadtteil? Möglicherweise fällt er mir auf, weil er mir ähnlich sieht. Wenn ich ihm folge, geht er vielleicht durch meine Haustür und an meinen Kühlschrank. Ich könnte lernen, ihn zu mögen, wenn er erst einmal nah genug wäre. *Kennen wir uns?* Das war eine gute Frage. Ja und nein, wie wir alle. Wir erkennen einander an den Gesichtern und meinen, daraus etwas über das Gemüt und die Vergangenheit des Gegenüber ablesen zu können, entschlüsseln ungenau die alten Runen der Mimik und schätzen schnell ab, ob das Lächeln echt ist oder falsch, und ob es sich lohnt. Die Zähne sind dabei fast Nebensache, die Augenbrauen übersehe ich. Unter dem Stuhl des Mannes steht eine Weinflasche. Er steckt in abgetragenen, aber sauberen

Stoffschuhen, wie man sie an Deck eines Schiffes trägt. Heute ist ein warmer Tag, sagen auch diese Schuhe.

Die wartende Frau mit dem Gehstock liest die Gratiszeitung, als würde sie sonst etwas verpassen. Gerne denke auch ich, dass mein Interesse an der Gegenwart zum Weltfrieden beiträgt, ich, ein würdiger Bewohner dieser Stadt, der lesenswerte Zeitungsartikel sammelt. Schade nur, dass es dem Zustand der Welt nichts nützt, in der Zeitung darüber zu lesen. Merkt ein Patient, wenn man besorgt an ihn denkt?

Das Wartezimmer ist recht klein. Wie immer frage ich mich, ob der Platz innerhalb eines Gebäudes wirklich von allen darin liegenden Zimmern aufgebraucht wird. Dass die Wände alle Räume zuverlässig voneinander trennen, ohne Zwischenräume und Restnischen zu erzeugen, glaube ich nur ungern. Als ich irgendwo las, dass die Bediensteten in Palästen unsichtbar im Innern der Wände sich bewegten (auch das Weiße Haus habe hohle Gänge in den Mauern), dachte ich: Siehst du!

Die Tapete hat etwas zu verbergen. Sie ist mit floralen Mustern bedruckt, die in fortlaufenden Schleifen die Wände zieren, wie um die räumlichen Sinne zu verwirren. Ich suche angestrengt nach den Nähten der Drucktiegel, die mir zeigen, dass nichts unendlich ist, nicht einmal die Stängel und Schlingen der Wasserpflanzen. Überhaupt wirken manche Räume eher wie ausgelassene Aquarien. Ich kann mir mühelos vorstellen, dass hier Wasser eindringt, sodass alle leichten und hohlen Gegenstände nach oben treiben. Kugelschreiber würden an mir vorbeischweben, Topfpflanzen verließen ihren Übertopf und schwämmen obenauf, das Toupet meines Mitwartenden löste sich und triebe aufwärts.

»Herr Trost, bitte!« Mein Name wirft den Tagtraum um, und ich darf der Nächste sein. Endlich bekomme ich eine fundierte Diagnose. Auch die Parasiten, die meine Blutzellen besetzt hielten, haben nur eines im Sinn: fressen und sich vermehren. Wie wir Menschen. Es stellt sich heraus: Ich sterbe noch nicht gleich, zumindest nicht an einer Krankheit auf dem Gebiet, für das sich der Mediziner für zuständig hält. Wer ist mit mir erleichtert über meinen Teilerfolg? Ich bemerke, wie sehr ich ihm fehlen werde. Sein Blick verrät, dass auch er es weiß, und meiner sagt ihm, dass ich sehe, dass er es weiß.

Ich gehe erleichtert. Im Treppenhaus riecht es trotzdem nach Kraut. Wenigstens ein Teil dieses Hauses ist noch bewohnt, anstatt Ärzten und Anwälten dazu zu dienen, Geld zu verdienen. Ich könnte hier eine Wohnung mieten, die viel zu groß für mich ist, und einige Räume völlig leer stehen lassen. Kein Stuhl, kein Kissen wären darin, nur manchmal eine tote Fliege, die ich aufheben könnte. Abends ginge ich langsam von Zimmer zu Zimmer, hörte leise die knarzenden Holzdielen unter meinen Sohlen und stünde so lange da, bis ich mir das Muster vom Licht der hereinleuchtenden Straßenlaternen eingeprägt hätte. Vorfreude auf etwas, was nie mehr kommt.

Mein Übermut muss von der Genesung kommen. An

einem Tag wie heute kann ich mich doch ganz gut ausstehen: wenn ich im richtigen Moment dem Seufzen einer Sitznachbarin lausche und sofort weiß, was sie sich
wünscht; wenn ich mich einmal nicht frage, warum es
verschiedene Geschlechter gibt; wenn die Kaubewegun-
gen meiner Mitmenschen mich nicht abstoßen; wenn
amerikanisches Englisch mich rührt; wenn die Dame
am Praxisempfang trotz des falschen Brillengestells
reizvoll wirkt.

Unterwegs belohne ich meine Erleichterung mit einer mutigen Abkürzung durch das Einkaufszentrum
am Bahnhof. Es gibt einfach alles hier, auch Kosmetik-
studios. Beim Blick durch das helle Schaufenster wundert mich die Schamlosigkeit, mit der intime Körperhy-
giene zur Schau gestellt wird. Manchmal ist schwer
auszumachen, wer von den beiden explizit geschmink-
ten Damen, die einander gegenüber sitzen, die Täterin,
wer das Opfer der Behandlung ist. Dementgegen steht
meine Ergriffenheit, wenn ich dem Jungen beim Fri-
seurbesuch von der Seite seinen Stolz ansehen kann, als
wäre es sein erster. Im Profil bezeuge ich seinen Blick
auf sich selbst, sein eigenes Spiegelbild. Dass die Selbst-
erkenntnis in einem Friseursalon wohnt, wusste ich bis
eben nicht. Aber lange kann ich nicht vor dem Schaufenster stehen bleiben, ohne dass ich entdeckt werde,
von denen drinnen und denen draußen. Meine zuver-
lässige Durchschnittlichkeit macht mich zu einem ide-
alen Ansprechpartner. Wenn ich früher in einem Laden
herumstand, wurde ich oft für einen Angestellten ge-

halten. Gerne half ich weiter, und manchmal fiel der Irrtum gar nicht auf. Dann ging ich den Kunden voraus zum Kleiderkarussell und fand das gewünschte Teil in passender Größe.

Am nördlichen Ausgang des Shoppingcenters gehe ich, anstatt die Tütenträger durch eine Tramfahrt zu vermeiden, direkt auf den Bahnhof zu und geradewegs in das kühle Echo der Bahnhofshalle. Sackbahnhöfe erleichtern mich. Die Züge wirken angekommen und müssen sich in dieselbe Richtung aufmachen, aus der sie gekommen sind, egal wohin die Reise geht. Ein schnittiger Fernzug verspricht eine Fahrt nach Paris. Er steht zwischen zwei Regionalzügen, als läge die Hauptstadt Frankreichs gleich im nächsten Bezirk. Auf einer Bank am Bahnsteig, auf dem er steht, mache ich Pause. Ich beobachte die Passagiere, die immer noch in den geöffneten Waggontüren erscheinen und umständlich ihre schweren Koffer auf dem Perron abstellen. Auch sie müssen darauf vertrauen, dass sie sich endlich am richtigen Ort befinden. Rucksäcke und Wanderstöcke, Kinderwagen, Plastiktüten und mindestens ein Rollkoffer pro Person werden in die Stadt hinausgetragen, in die sie heute Mittag aufgebrochen sind. Der frühe Abend empfängt sie am Ziel mit einer warmen Brise, die durch die Gleisdächer weht und die Röcke kurz anhebt. Kommen diese Menschen heim oder sind sie in der Ferne gelandet? Vielleicht sollte ich in den Zug einsteigen, ohne den Preiszuschlag zu fürchten. Ich bin noch nicht im

Besitz einer gültigen Fahrkarte, habe aber mein Portemonnaie dabei und bin lange nicht in Paris gewesen. Ich wäre rechtzeitig dort, um ein Hotel zu finden. Mir ist ohnehin warm in dem Jackett, es böte genug Schutz, um mich durch die kühle Nacht und den frischen Morgen zu begleiten. Die Unterwäsche könnte ich im Hotelbadezimmer auswaschen und auf der Heizung trocknen. Oder mit dem Föhn. Gleich morgen früh könnte ich schauen, ob die Mona Lisa noch da ist, wo ich sie vor fünfundzwanzig Jahren zuletzt gesehen habe: hinter Panzerglas, viel zu weit oben, verdeckt von hunderten Kameras.

Ich bleibe auf der Bank sitzen, sehe die nächsten Passagiere den Zug besteigen und weiß nicht, woher die Menschen kommen, die aussehen, als kämen sie von weit her. Die Zugbegleiter begrüßen einander routiniert, der Lokomotivführer wischt den Haltegriff zu seinem Cockpit mit einem hellen Stofflappen ab. Er trägt lila Trekkingschuhe und ist angezogen, als wäre er auf einer Kurzwanderung zur nächsten Hütte. Solange er nicht im Führerhäuschen sitzt, sieht man ihm seine Befähigung, einen Hochgeschwindigkeitszug zu steuern, nicht an. Ich sehe die Knöpfe und Hebel nicht, kenne die Aussicht nicht, aber ich weiß, wie majestätisch sich seine Position anfühlt. Auch die Cockpits meiner Flugzeuge sahen von außen zu klein aus, wie ein Ameisengehirn am Körper eines Dinosauriers. Die Kapitäne wirken hilflos und schmächtig hinter den winzigen Scheiben der Flugzeugspitze, dabei weiß ich: Die

Aussicht ist erhaben, die Übersicht grandios. Auch die Menschen, die sich in den Bauch der Maschine dirigieren lassen, wirken eher wie Blutkörperchen eines großen Organismus. Das Privileg, ganz vorne einsteigen zu können, hat mir verlässlich Vorfreude auf die Arbeit gemacht. Es war unmöglich, etwas Wichtiges vergessen zu haben. Kein Protokoll, kein Manual, kein Instrument verließ jemals das Cockpit, Improvisation verboten. Ich hätte nackt zur Arbeit erscheinen können, weil ich alles im Kopf hatte. Aber die Uniform war ein willkommener Panzer gegen die Gleichgültigkeit der Menschen am Gate. Ich durfte hier sein, war wichtiger als sie. Mir wurde Platz gemacht, ich wurde angelächelt. Die Bewunderung beim Anblick eingespielter Bewegungen: der effiziente Gang, der gelassen wirkte, weil ich jede Abkürzung durch die Flughafenhallen kannte und keine Haken schlug. Die rücksichtsvolle Begleitung der Crewmitglieder, ihr höflicher Abstand zu meinem Rollköfferchen, ihr geübter Schritt auf dem glatten Boden, all das verriet uns als eine Familie, belebt von der eigenen Professionalität. Wie nach den Acht-Uhr-Nachrichten, wenn die Moderatorin während des Abspanns wie nebenbei ihre Notizen ordnet, die Kabel aus ihrem Hosenbund löst und ein paar Worte mit ihrem Kollegen wechselt, die niemand hört, in der Gewissheit, alltägliche Handlungen zu verrichten, die beiläufig und unbeobachtet wirken, obwohl ein paar Millionen Menschen dabei zusehen. Das geübte Schauspiel der Rückkehr zum privaten Ich, eine weithin sichtbare Transformation: offiziell unbeobachtet und dabei sicher, dass immer jemand zusieht. Ohne Uniform geht mir kaum jemand aus dem Weg.

Die Abfahrtszeit wird durchgesagt, es ist das dritte Mal, seit ich hier sitze. Die Abfahrt wird pünktlich erwartet. Die Zeiger der Uhren geben alle dieselbe Zeit an, sämtliche Digitalanzeigen blinken pflichtbewusst. Eine Familie, zwei Erwachsene und drei Kinder, hastet an mir vorbei, das kleinste Kind weint. Sie schaffen es, rechtzeitig einzusteigen, die Türen öffnen sich ein letztes Mal. Das ist meine Chance. Ich stehe auf und sehe dem anfahrenden Zug nicht nach. Es wird Zeit, dass ich nach Hause komme.

Neunzehn Uhr elf

Im Treppenhaus höre ich von oben Stimmen schallen und ärgere mich über das ungleich verteilte Selbstbewusstsein der Hausbewohner. Meine Achtung vor der Frau auf meinem Stockwerk ist maßlos, bis sie den Mund auftut. Ihr Dialekt beunruhigt, ausgerechnet die Mundart meiner Großmutter: Fast nichts stößt mich so ab wie die Sprache, die gesprochen wird, wo ich zur Welt kam. Ich warte ein paar Minuten unten, gehe dann aber doch hinauf und schiebe mich unter höflichen Entschuldigungen an den plaudernden Frauen vorbei und hoffe, nicht Thema ihres Gesprächs zu werden, sobald ich die Wohnungstür hinter mir geschlossen habe. Ich lasse sie erst einen Spalt weit offen und nehme befriedigt zur Kenntnis, dass die beiden sich voneinander verabschieden.

In meinem Zuhause riecht es nach abwesenden Menschen. Die Küche ist noch immer so, wie ich sie vorhin verlassen habe, und das Fenster offen hin zum städtischen Frieden. Im Radio des Nachbarn ist zu hören, wie gerne erfolgreiche Leute Interviews geben. Wenn jemand viel gesehen hat und gut darüber sprechen kann, kenntnisreich, pointiert und selbstironisch, dann hilft das auch nur denen, die schon wissen, was jener weiß. Vor vielen Menschen zu sprechen, ist schwierig, weil man nie sicher sein kann, was jeder einzelne schon weiß und was nicht. Mich wundert, dass man in Gruppensituationen so leicht hinnimmt, nicht gemeint zu sein. Vielleicht fürchten sich die meisten just davor? Reicht es, zuhören zu dürfen und die Sprache zu verstehen, die gesprochen wird? In dem Land, in dem ich lebe, demonstrieren die Menschen ihre Bescheidenheit. Angeberei durch Understatement und nachdrückliche Gelassenheit.

Die Frau im Radio erkenne ich an der Stimme. Noch als Zaungast kann ich mich für den Gastgeber halten. Wer hat alles nicht gemerkt, dass ich ein Angeber bin? Noch heute bilde ich mir ein, jemand vermisse mich an meiner alten Arbeitsstelle, und stelle mir vor, mein Platz im Cockpit sei unbesetzt geblieben.

Die Alte im Radio ist traurig über die vergangene Zeit oder die bezwungene Kokosnuss. Habe ich nicht gründlich genug zugehört? Im Radio kann ich nicht zurückspulen, das gibt mir das Gefühl, die Zeit sei immer im Recht. Sprache ist dafür gar nicht nötig, aber Schweigen kommt übers Radio nicht so gut an. Nach einigen Sekunden geht ein Alarm im Sender los. Nichts ist so gefürchtet wie Sendelöcher, sie sind selten geworden in den letzten Jahren. Also wird weitergesprochen, ein Wort nach dem anderen, pausenlos unterbrochen nur von einer Melodie zur Senderkennung, dann Verkehrsnachrichten. Danach ist die alte Dame immer noch in die Nacherzählung ihres Lebens vertieft. Sie mag es, dazu befragt zu werden, und hat erkennbar Übung in der Wiederholung ihrer Anekdoten. Ich höre es auch Fremden an, ob sie ihre Heldengeschichte schon oft erzählt haben. Freunden nehme ich es nicht übel.

Die Alte spricht weiter über Dachschrägen, Echos, Erbverzicht, Garderoben, Hauskatzen, Höhlenmenschen, Kokosflocken, Korkböden, Ohnmacht, Popmusik, Schulzeit, Tanzkurse, Topfpflanzen, Veloursteppiche und Verletzlichkeit.

Ich schaue mich in der Wohnung um, ob nicht doch noch irgendwo eine Pflanze steht, die ich gießen müsste. Ich kann versuchen, davon abzusehen, dass alles um mich herum zerfällt. Ich bin eine Art Sean Connery des Zerfalls. Manches wächst auch, aber ich bin ein schlechter Gärtner. Vielleicht bin ich noch zu jung dafür. Die Langsamkeit der Pflanzen irritiert mich, sie sind mir mit ihrer Geduld und Schweigsamkeit überlegen. Ich versuche neuerdings, mich auf die Beobachtung sehr langsamer Vorgänge zu konzentrieren. Die Anstrengung, den Bewegungen eines Kuchens beim Backen zu folgen. Es tut mir leid, dass ich nicht genauer Bescheid weiß über den Profit, den man aus einem passabel, aber unbemerkt geführten Leben wie dem meinem schlagen könnte.

Abgelenkt von den Angelegenheiten des Tages habe ich nicht an meine eigene Visage gedacht, bis ich jetzt im Badezimmerspiegel nachschaue. Es stört mich, einen alten Mann im Spiegel zu sehen. Etwas stimmt mit meinem Gesicht nicht. Die Haut sendet Botschaften, die ich nicht verstehe. Mein Arzt findet das normal für mein Alter. Das rote Handtuch hängt hinter mir im Spiegelbild. Freiwillig noch hier? Bis mich die abwesende Frau in meiner Erinnerung wieder anspricht.

Welche Verluste habe ich sonst zu beklagen? Mein Fahrrad wurde mir gestohlen, als ich vierzehn war. Das Schlimmste daran war meine Lüge darüber, dass es abgesperrt gewesen sei. Soll ich meinem Vater noch davon erzählen?

Ich habe Liebhaberinnen verloren und gelernt, sie zu verabschieden, bevor sie es tun. Ich habe mal eine Wohnung verloren und einen Freund, der Pech hatte, im falschen Auto mitgefahren zu sein. Ein Kind habe ich nie verloren, glaube ich. Aber was weiß ich denn? Möglich wäre es ja, dass es irgendwo noch ein Kind oder ein Kindergrab gibt, von dem ich nichts weiß.

Warum ist Mutterschaft so stigmatisiert? Männer und ihre Libido haben den Menschen erfolgreich durchgesetzt. Vermehret euch fröhlich! Ich gehe gerne in die Sauna, damit die letzten Samenzellen sterben. In der Sauna geht es mir so wie draußen: Ich kann Menschen sehr schlecht am Gesicht erkennen. Wenn die Umgebung stimmt und wenn sie wie üblich angezogen, bebrillt und frisiert sind, erkenne ich sie am Gang. Manchmal weiß ich sogar ihren Vornamen. Nackt erkenne ich niemanden. Darum entspannt es mich, in die Sauna zu gehen.

Als ich noch Kind war, hatte meine Mutter eine Katze, sie war älter als ich damals. Sie schob ihren Kopf immer unter das Tischtuch, um an etwas Feines zu gelangen, das auf dem Tisch stand. Meine Mutter behauptete, dass die Katze annehme, wir sähen sie nicht, weil sie uns nicht sieht. So wie die Katze hoffe ich, in der Sauna unerkannt zu bleiben. Auch beim Friseur bin ich erleichtert, mich nicht genau im Spiegel zu sehen, gerade gut genug, um zu erkennen, dass ich noch da bin und nicht allein. Ich nehme dann die Brille ab und ergebe mich der Behandlung blindlings.

Ist der Verlust der Unschuld ein Gewinn? Weshalb hört eine Ehe nicht auf, nachdem sie geschieden wurde? Wenn ich sterbe, hat meine Exfrau immer noch die Möglichkeit, eine lustige Witwe zu werden. Lustig, kommt das von *Lust* oder *Verlust*? Ich beginne gnädiger über Hunde zu denken, die ich aus Versehen auch hätte haben können. Das Gemeinsame entsteht meistens jenseits des Bekannten, und manchmal glückt es. Wollen wir jetzt wieder erst mal alles zerschlagen?

Ich rauche eine auf dem Sofa, weil ich alleine lebe. Das Sofa steht mitten im Zimmer, damit der Rauch auch überall hinkommt. Mein Bett steht separat, das ist gesünder. Ich habe nicht mehr viel Zeit, mich zu fragen, was die anderen von meinen schlechten Angewohnheiten halten.

Die Landschaft macht Pause, der Leim muss trocknen. Das Handbuch mit dem Titel *Weltgeschichte der Philosophie*, das mein Vater mir ungelesen überlassen hat, ist

vor siebzig Jahren erschienen. Es tut gut, darin zu blättern und zu sehen, dass die Denker von heute damals
noch nicht geboren oder noch nicht bekannt waren.
Viele seitenlange Artikel dagegen besprechen Ideen und
Namen, die wir nicht mehr kennen.

Ich vergewissere mich telefonisch bei meinem Vater,
dass ich als Kind kein Ekel gewesen bin. Er will mich be-
ruhigen, er meint es gut, hat aber nur halb zugehört, gefesselt von der Fußballübertragung im Fernsehen. Seine
neuen Stärken sind Offenheit und der Gesang. Bin ich
aufdringlich, wenn ich noch einmal anrufe? Wenn er ab-
nimmt, könnte ich ihm beichten, dass ich fürchte, mich
noch nicht ausreichend erklärt zu haben.

Manche Väter leben für ihre Wohnzimmer, sitzen
die Sessel durch, indem sie wenig anderes tun, als darin
zu sitzen. Der Lust an der Passivität entkomme ich wieder nur dadurch, nichts zu tun. Trotzdem mache ich
meinem Vater am Telefon Vorhaltungen über meine
Staatsbürgerschaft. Lieber wäre ich ein anderer geworden, wenigstens jemand mit einem Pass in einer anderen Farbe. Jeder Mensch ist ein nach der Geburt ver-
tauschtes Kind. Ich hatte Glück mit meiner Familie,
denn ich wäre auch geliebt worden, wenn ich jemand
anderes gewesen wäre.

Endlich will sich der Vater nicht mehr ärgern, es ist
wohl Halbzeit. Endlich lässt er mich reden, ohne ungeduldig zu sein. Endlich ist er froh, mich zu haben, immer noch. An meiner Art zu sprechen, höre ich, dass ich
selbst ein alter Mann geworden bin. Es ist nur fair, dass

wir uns aneinander gewöhnen, indem wir einander ähnlich werden. So kommen wir nicht weiter, sagt mein Vater, wenn er ein Gespräch beenden will. Das klingt immer so, als wäre es wie das Wetter ein Zustand, der abgewartet werden kann. Von meiner Fahrradlüge habe ich ihm doch wieder nicht erzählt.

Vater hatte Ratschläge für die Zeit, die er *Ruhestand* nennt. Ruhestand ist Stillstand. Was soll das heißen: *Du wirst dich umstellen müssen?* So wie man ein Zimmer umstellt, indem man die Möbel darin verschiebt? Wie man einen Schalter umlegt, einen Mechanismus ändert? Wie man eine Stadt umstellt mit Soldaten, um sie einzunehmen? Wie man sich umstellt findet von Feinden oder Menschen mit grimmigen Gesichtern? Ich stelle mich um, stelle meine Erinnerung dort hinter mich, meine Angst schiebe ich hinter den Schrank. Der Arbeitstisch kommt ans Fenster, und das Bett zeigt nach Norden, wo es dunkel ist. Ich stelle mein Leben um, stehe später auf und fahre weit durch die Stadt, um zu keiner Arbeitsstelle zu gelangen. Lebe allein, aber nicht für immer. Ich möchte meine Wünsche umstellen und meine Schwächen. So wie man die Bücher im Regal neu sortiert, manche loswird, verschenkt. Ich werde ab jetzt täglich die Möbel verschieben. Unter dem Bett liegt ein Teppich. Wenn ich jemals hier ausziehe, werde ich zuvor den Boden abschleifen lassen und das Holzmehl aufbewahren.

Ich gehe mir wieder auf den Leim: meine zögerliche Hingabe an selbstgestellte Aufgaben, die die Zeit nur zäh fließen lassen. Erschöpft vom Unversehrtsein sitze ich da. Schlafen kann ich noch nicht, weil ich diesen Tag noch nicht genug liebgewonnen habe. So viele Bedürfnisse müssen erst gestillt werden, dass es kaum auffällt, wenn der Trost fehlt. So wie man eine Gitarre hält, sollte man miteinander umgehen.

Nur Ordnung hält die Woche zusammen. Gerne wäre ich nützlicher für die anderen und für mich selbst. Wenn mir am Abend dämmert, in einem verdorbenen Tag zu sitzen, wird er davon nicht besser. Mein Zorn stellt ständig seine Brennweite um: von mir auf die anderen, dann wieder auf die Landschaft, die Länder, in denen ich vergeblich versucht habe, glücklich zu sein. Auch die Ansprüche des eigenen Körpers wecken meinen Zorn. Fällt es mir nur auf, weil ich meinen Körper endlich spüre? Oder hätte ich es immer schon wissen müssen? Zerfall geht so fix. Wunderbar, wenn's noch eine Weile hält. Ich fürchte, ich habe einen weiteren nutzlosen Tag angerichtet. Habe heute wenig geschafft, viel gezweifelt und diesen bösen Gesichtsausschlag an mir entdeckt. Müdigkeit fühlt sich an wie Traurigkeit, hat meine Mutter gesagt, und ich glaube, umgekehrt stimmt es auch.

Wenigstens dem Modell will ich treu bleiben. Da hinten in die Kurve setze ich den kleinen roten VW-Bus. Die Mutter saß immer vorne auf dem Beifahrersitz und schwärmte durchs Fenster hinaus: *Diese Land-*

schaft! Hügel, Felsen, Strände, Wälder, Dörfer, Seen, Wiesen, ganz gleich. Ich konnte die Landschaft nicht sehen. Auch jetzt sehe ich nur Bäume oder Wasser aus Zellophan, Kühe, Autos und Himmel. Die Einzelteile setzen sich für mich nicht zu einem Bild zusammen, und ich suche die Schuld dafür bei mir.

Ich habe Schritte in der Wohnung gehört, die ich allein bewohne. Kann ich mir selbst dabei zusehen, wie ich den Verstand verliere? Auch meine abwesenden Freunde gefährden meine geistige Gesundheit. Wenn ich im Zeitalter der Brieftauben lebte, würde ich ihnen einen ganzen Schlag hinterherschicken. Auf dem Fensterbrett vor ihren Küchen säßen die Vögel mit nichts in den Schnäbeln.

Auch meine Wohnung ist zu voll. Warum glaube ich, die Kisten selbst packen und zukleben zu können? Noch beim Abschied gehe ich von meiner Rückkehr aus. Lasse meine Schuhe dort stehen fürs nächste Mal. Welche Einsicht brächte mich dazu, meinem eigenen Lebenseifer zu misstrauen? Es wird ein paar Möbel zu erben geben, einen schönen Schreibtisch, den niemand haben will, weil er durch keinen Türrahmen passt. Einen Tisch kann man nicht so leicht missverstehen. Ich kann meinen Tisch an einen Freund vererben und mich schon im Voraus darüber freuen, dass ein Möbelstück nicht falsch interpretiert werden kann. Ein solches Geschenk wird niemals ganz das Eigentum des Beschenkten. Die Gelegenheit kommt bald, es bleibt nicht mehr viel Zeit, abzuwarten. So tröste ich mich über Wochen und Jahre, und da hinten wartet schon wieder der Frühling und droht mit dem Sommer.

Mein Traum: alles aussortiert und entsorgt, alles geregelt. Demütig, schweigsam und anspruchslos meine Pflichten zu tun, niemandem mehr mit meinen Launen aufzusitzen, keine Zeit zu verschwenden und keine Pläne zu machen, schuldenfrei zu sein und die Sanktionen der Artgenossen ohne Häme zu ertragen. Wenn man die eigene Herkunft schon nur erträgt, weil man sie nicht ändern kann, sollte die Zukunft wenigstens machbar sein. Alles dauert so lange. Nichts dürfen wir behalten. Erst kommen wir zur Welt und wollen uns in ihr einrichten, dann müssen wir täglich von ihr Abschied nehmen. Nichts ist unser, und es sind zu viele, die erinnert werden wollen. Nichts ist ganz meins, und nur echte Freundschaft wiegt den ganzen Aufwand auf. Ein ganzer Tag für mich und keine Zeit, alles Nötige zu tun. Keine Pause tröstlich genug für den täglichen Verlust der Zeit. Keine Nähe nah genug, um nicht allein träumen zu müssen.

Draußen holt der Hausmeister den Aufsitzrasenmäher heraus. Manche Pflichten machen erst richtig Freude, wenn andere gut hören können, wie man sie erfüllt. Ich schaue in meinem Taschenkalender nach, wie meine Zukunft aussieht. Die Tage sind blanker als früher, leere Seiten, scheinheilig freie Zeit. Kein Dienstplan bestimmt die Wochen, keine Feste die Wochenenden. Seit ich nicht mehr zur Arbeit darf, kommen mir meine Tagespläne unzuverlässig vor. Ich fühle mich verraten vom Rentnerglück und von den langen Tagen ohne Dringlichkeit. Wie leichtsinnig von mir, mich nicht rechtzeitig um einen Zeitvertreib gekümmert zu haben. Wie nachlässig, dass ich mich in meinem Alter in die Situation gebracht habe, noch einmal etwas Neues beginnen zu müssen. Welches Vergnügen ist eine wöchentliche Hingabe wert? Welche Gesellschaft soll ich suchen, wenn sie mich nicht braucht? Könnte ich noch rechtzeitig jemand anderes sein als der, der ich geworden bin?

Ich leide an meiner Pünktlichkeit. Sie ist unbrauchbar geworden, seit ich nicht mehr zum Dienst muss. Auf mein Reisefieber könnte ich verzichten. Auch Haarausfall und Neid wären mir lieber bei den anderen. Dafür stünde mir Demut ganz gut.

Neunzehn Uhr zweiundfünfzig

Pünktlich zum Feierabend steigt der Rasenmähermann ab. Er ist fertig mit der Wiese und dem Tag. Meine Wiese ist noch nirgends. Die Gesellschaft kennt die aktuelle Wettervorhersage, sie kündigt Niederschlag an. Sie kennt die Rentenbezüge und Börsenwerte. Sie weiß um ihre Vergänglichkeit als Täuschungsmanöver. Es wird ihr schwerfallen, mir jemals recht zu geben, aber ich wusste es rechtzeitig. Nichts ist mehr wahr als das laute Rascheln der Blätter, bevor der Regen einsetzt. Nichts verlangt der Welt ab, den Einzelnen zu respektieren. Immer wieder fällt jemand aus meiner Nähe hintüber in die gleißende Anonymität der Welt. Wenn ich nicht einmal für die Statistik tauge, bleibt von mir nicht mehr viel übrig. Es regnet, endlich, es klingt wie tosender Applaus.

Seit wann ist es mir egal, was mein Nachbar über meine Gewohnheiten denkt? Wir teilen immerhin sein Radio. Seit wann verzichte ich darauf, den Vorhang vor dem Fenster zuzuziehen, wenn ich dusche? Reicht es, zu wissen, dass die Scheiben beschlagen? Und wer sähe mich gerne an? Meine Scham gilt der späten Einsicht, dass mein Nachbar sorgenfrei hinnimmt, mit einem Mängelexemplar zu sprechen. Ich stimme ihm zu, aus Angst, überhaupt nie gemeint zu sein.

Warum müssen immer meine Nachbarn als ideale Mitmenschen herhalten? Sie können ja nichts dafür, mir zufällig nah zu sein. Die einzige Gemeinsamkeit besteht in der Postleitzahl und der Hausnummer. Und dem Wetter sind wir alle gemeinsam ausgesetzt. Ihre Bemühungen, ein sinnvolles Leben zu führen, spielen sich vor mir in Endlosschleife ab. Sie machen ihre Sache gut, und ihr Einsatz ist glaubwürdig. Abweisend ziehen sie die Mundwinkel nach unten, die Augen sagen: Ich glaube das nicht, und wenn es doch stimmt, dann wusste ich es vorher nicht, wie kann das sein? Ich bleibe allein mit der Frage, was die anderen eigentlich dürfen und ob es stimmt, was sie sagen. Auch im Applaus ist jeder allein.

Es regnet immer noch, und es ist stockdunkel geworden. Wenn ich mir vorstelle, wie viele Haare in diesem Moment auf diesem Planeten allen gleichzeitig aus dem Kopf sprießen, schaudert mich. Warum verspreche ich mir Erleichterung davon zu wissen, dass Frauen zweimal so oft zwinkern wie Männer? Angeblich ermöglicht das Blinzeln einen Neustart beim Bildaufbau in unserem Gehirn. Jede Unterbrechung, und sei sie noch so kurz, erneuert das Gesehene und schärft den Sinn. Während ich optisch auf Empfang blieb, schloss meine Frau also kurz die Augen. Ist es nun ihr Vorteil, die Welt doppelt so klar zu sehen wie ich, oder ist es ihr Nachteil, weil ich nur halb so viel wahrnehme? So hat diese Lust hinzusehen vielleicht mit dem gründlichen Blinzeln zu tun. Was man lange vor sich hat, wird unsichtbar. Die Welt ist stiller, wenn sie länger stillhält. Fast tun mir die Frauen leid, weil sie wieder einmal doppelt so viel leisten müssen. Augenlider sind vielleicht doch die wichtigsten Körperteile.

Heute fühle ich mich weder gefährlich noch hilflos. So fühlen sich kleine Kinder, wenn sie sich auf ihren Geburtstag freuen. Ungeduldig, damit es wie zur Belohnung morgen wird. Früher habe ich mich immer erst bewegt, wenn der Hut brannte, heute bewege ich mich gar nicht mehr. Seit wann ist das so? Also werden meine Versuche, Ordnung zu schaffen, verschoben. Leere Kisten warten darauf, endlich eine neue Ordnung aufzunehmen. Endgültig sollte sie sein, endlich geschafft sein, was seit Jahrzehnten nicht gelingen will. Meine Besitztümer warten auf den Tag des Jüngsten Gerichts. Es wäre entgegenkommend von mir, den Kindern die Arbeit abzunehmen und ein geordnetes Archiv zu hinterlassen, um das es sich zu streiten lohnt, aber ich habe keine. Das drängende Gefühl, zum Aufräumen keine Zeit zu haben, vertröstet mich auf morgen. Ich erwarte noch ein paar Jahre, in denen der Sommer zu spät kommt und zu früh endet und der Schnee auf sich warten lässt, bis es zu spät für ihn ist.

Ich freue mich auf diese Nacht, weil ich in ihr allein sein kann. Ich freue mich auf morgen früh und darauf, weiter an der Landschaft bauen zu können. Aber heute will mir nicht gelingen, was gestern Nacht so offen vor mir lag. Kurz kann ich vergessen, dass ich morgen wieder von vorne anfangen muss. Aber unverrichteter Dinge zu Hause zu bleiben, macht mürbe.

Darum lande ich am Ende doch immer wieder an der Theke einer unzeitgemäßen Bar. Von mir selbst überrascht, eile ich aus der Wohnung und laufe ohne Umweg zu meiner persönlichen Stammkneipe unten an der Ecke. Hotelbars wie diese sind Orte wie Flugzeugterminals, dauernd fremde Gäste. Es ist eine der wenigen verlässlichen Vorlieben, in meinem stillgelegten Leben: abends mit Menschen zu trinken, die mir unbekannt und gleichgültig sind. Ich will nicht aus Bedürftigkeit auf jemanden angewiesen sein, weil ich wieder nicht maßhalten kann. Ich will beides: mit Fremden vertraut sein und dabei zuverlässig fremd bleiben. Jedes Treffen mit einem Fremden ermöglicht einen Neuanfang. Die eigene Person, Haltung, Beruf, Zivilstand, alles ist neu verhandelbar. Neuanfänge machen süchtig, alles scheint möglich. Weit weg in einem anderen Land mag ich Fremde am liebsten. Es ist eine Gelegenheit, dem Zufall ein Versprechen abzuringen. Vielleicht serviert Molly heute.

Gescheit kommt von *gescheitert*, ein anderer Mann an der Theke weiß es auch und trinkt sein Bier allein weiter. Ich sehe ihm an, dass es ihm ähnlich geht. Ich werde höflich gebeten zu helfen, zuzuhören und zu verstehen. Schöner wäre es, in guter Gesellschaft laut zu fluchen. Eigentlich hätte ich Lust gehabt, schallend zu lachen, schon habe ich es wieder bei einem Räuspern belassen.

Alle hier sind gleich. Dass ich auch hier bin, macht mich genauso gleich. Wenn ich an einem Ort bin, an dem ich lieber nicht wäre, wundere ich mich immer darüber, dass ich darauf gefasst bin, jemandem zu begegnen, dem ich gerne, aber lieber anderswo begegnet wäre. Dass wir uns ausgerechnet hier treffen, wäre mir unangenehm. Dem anderen sähe ich seine Anwesenheit nach, mir nicht. Ich gönne mir nur zögerlich, am Tresen mit Fremden zu sprechen, um zu sagen, wer ich bin.

Der Pianist macht Pause. Endlich dürfen alle die Jukebox benutzen. Ich bin heute ein ansehnlicher Organismus mit passablem Appetit, da stehen Oliven und salzige Erdnüsse. Ich bin erleichtert, dass mich niemand mehr anspricht auf meine Versäumnisse und meine Trägheit. Niemand kann sehen, dass ich glücklich geschieden bin.

Jetzt in dieser Bar wäre ich lieber jemand anderes, jemand, der sich auch ein Lieblingslied an der Jukebox wählt und selbstvergessen im Rhythmus wippt oder zu tanzen vorgibt. Meine Scham hindert mich, also sehe ich den ausgelassenen Menschen bei ihrer Fröhlichkeit zu und halte sie für echt. Allein tanzt niemand gerne lang. An einem Tischchen in der Ecke sitzt ein Mann in meinem Alter und schreibt etwas auf. Ich sehe ihn hier zum ersten Mal, aber ich kann mich auch schlecht an Menschen erinnern, wenn ich nichts über sie weiß. Molly behandelt ihn wie einen Stammgast, aber das liegt vielleicht an ihrem Arbeitsethos.

Es kommt mir vor, als wäre ich lange weggewesen, dabei war ich nur auf der Toilette. Aber die Jukebox spielt ein anderes Lied, das alles ändert. Gleich wird die Lichtorgel bunte Kreise auf die Decke werfen, und die Dame neben mir könnte mich zum Tanz auffordern. In ihrem Alter haben meine schönsten Jahre begonnen. Ich werde mir morgen einen Kalender kaufen, um bis zum Jahresende an möglichst vielen Tagen ihren Namen aufzuschreiben. Ich wünschte, ich würde sie oft in dieser guten, nebensächlichen Laune wiedersehen. Sie weiß nichts von diesen Plänen.

Wenn es etwas gibt, dann gibt es es überall. Die Trinkhallen trösten alle, die schon zu lange allein zu Hause gesessen haben. In London gibt es keine Sterne.

Bin ich am Tresen eingenickt? Irgendetwas Wichtiges wollte ich mir merken, aber dann sehe ich wieder nur auf die Uhr und denke: Bald darf ich schlafen gehen. Keine Lust ist stark genug, um mich zum Aufbruch zu bewegen. Kein Raum ist ordentlich genug eingerichtet, damit ich darin von vorne beginnen könnte. Viel Zeit bleibt mir nicht, um zu vergessen, was mich kränken konnte. Kein Morgen war früh genug, dass ich der Erste war, der aufsteht. Keine Aussicht war schön genug, um sie ein zweites Mal zu genießen. Keine Reise war weit genug, um mich bei der Abreise am Zielort zurückzulassen. Kein Land war jung genug, um dort einheimisch werden zu wollen. Kein Kind wirkte glücklich genug, um mich wieder glauben zu lassen, dass die Kindheit das Paradies sei. Keine Müdigkeit war stark genug, um mich rechtzeitig ins Bett zu treiben. Immer erreichbar zu sein, bedeutet ja nicht, dass da immer jemand ist, der einen zu erreichen versucht. Kein Gespräch dauerte länger als einen Tag. Gestern war schön.

Von den zwei Gläsern Wein gelockert, verschiebe ich meine Zigarettenpause auf daheim und verabschiede mich von Molly hinter dem Tresen mit einem herzlichen *Adieu*.

Einundzwanzig Uhr fünfzehn

Ich gehe durch den Nieselregen zurück zu meiner Adresse. Alle Räume sind noch da. Die Gegenstände auf dem Küchentisch sehen aus, als fühlten sie sich noch warm an. Die Küche wirkt auf mich wie immer, unaufgeregt unaufgeräumt, auf unsichtbare Weise ordentlich. Die Dinge, die da neben dem Landschaftsmodell auf dem enormen Tisch liegen, zusammenliegen, haben scheinbar nichts miteinander zu schaffen: Ein paar dicke Bücher, die ich mir lieber dünner gewünscht hätte, Baupläne für Düsenflugzeuge, Ersatzteile einer mechanischen Uhr, das Foto einer schönen Frau mit klarem Blick, Ende vierzig und leider in Farbe. Fachliteratur über Galvanik, ein Horoskopkalender, eine kurzgebrannte Kerze, Klebeband, Lexika, eine analoge Mittelformatkamera, Post von der Bank, eine Sattlerschere, ein paar Schrauben, Werkzeug. Erst wenn ich sie beim Namen nenne, beginnen sie, zueinander zu gehören: Alle Dinge sind alphabetisch sortiert. *Alpha, Bravo, Charlie, Delta, Echo, Foxtrot.* Das also habe ich heute geschafft. Ich sehe mich um, mit leeren Händen und ohne etwas zu berühren. Die Gegenstände stehen da wie die Zeiger einer Uhr, die soeben stehen geblieben ist. Was ist ein guter Kugelschreiber doch ein treuer Fuchs.

In der Küche tue ich so, als hätte ich noch den ganzen

Tag Zeit für das begonnene Landschaftsmodell, knipse die Lampe darüber wieder an und sehe mich auf der frischgestreuten Wiese um. Ein kleiner Gegenstand wäre passend, in Orange, vielleicht etwas wie eine winzige alte Badewanne als Kuhtrog, geknetet aus Kaugummiresten.

Die Landschaft steht unfertig auf dem Küchentisch. Die Wiese grünt die Hügel hinauf, ein paar kleine Büsche umarmen sie Richtung Flussbett. Das Rinnsal glänzt aus Polyethylen, ganz nass sieht der Plastikfluss aus, sogar nachdem er getrocknet ist. Aus feinem Draht ehemaliger Kleiderbügel gebogene Hochspannungsmasten, die über eine Ecke das Stück Landschaft durchkreuzen. Ein kleiner hellblauer Fleck liegt da als Teich, viel zu klein, um darin Fische zu vermuten. Wären die Miniaturmenschen heute Morgen nicht ausverkauft gewesen, könnte ich sie wie eine große Gruppe am Fluss entlanggehen lassen. Sie könnten eine winzige riesige Wandergruppe sein. Oder die Angehörigen einer Familie wohlhabender Industrieller, alle achtzehn Enkel und alle fünfundvierzig Neffen und Nichten und deren Ehepartner und Nachkommen auf dem Weg zum Ausflugsschiff, das jenseits der Grenzen des Landschaftsmodells vor Anker liegt. Die Menschen könnten Demonstranten sein für eine bessere Zukunft, gegen den Staudamm oder für den Erhalt der Braunkohlewerke. Alle wären sich einig und liefen in dieselbe Richtung. Auf meiner Landschaft sähen sie aus wie farbige Stecknadeln in einem grünen, gewellten Nadelkissen, eine buntgemusterte Zunge aus winzigen Zotteln.

Ich setze mich und erwarte das erste Ungeziefer. Das Fenster steht offen, und das Licht ist an. Wie kann ich akzeptieren, dass die Sechsbeiner mich überleben? Und sollte ich nochmal hinunter zu Vicky?

Gerne sänge ich, wenigstens zu Hause. Unsicher lasse ich es lieber sein, so wird mein Gesang nicht besser und mein Selbstbild nicht schlechter. Ich bin der Verlierer, den jeder gern zum Freund hätte. Ich werde die Wäsche nicht mehr waschen, und die zwei Hemden werden ungebügelt auf der Stuhllehne hängen bleiben. Es ist zu spät, alles zu ordnen. Das Bett hätte besser sein können, die Matratze bequemer. Singen hätte ich können wollen. Vater hätte ich sein wollen.

Alles läuft, der Körper pocht, eine Knackwurst vom Morgen liegt in der Küche und die Zeitung halb gelesen daneben. Es gibt noch viel zu tun, wofür mir keine Zeit bleibt. Es stört mich zu wissen, dass auch keinem Kind die Zeit reichen wird. Die Verwirrung über den Zweck der Kinder. Unsere Hoffnung, ein neues Leben könnte die Arbeit abschließen. An das Ausmaß der Vergeblichkeit hatte ich nicht gedacht. Am Morgen bereue ich die Nacht. Nur in den ersten zehn Minuten. Danach bin ich bereit, wieder zu wenig zu schlafen für ein wenig Lebenslust am Abend. Sie ist am Tag wieder verschwunden, aber jeden Morgen freue ich mich auf den Abend, weil ich hoffe, dann etwas geschafft zu haben. Das Selbstgemachte zerstört man nicht so leicht, das wusste auch der Inhaber des Modellbaugeschäfts.

Einundzwanzig Uhr zweiundzwanzig

Endlich glaube ich, alles fassen zu können. Außerdem gefällt mir, dass jeder eine natürliche Grenze hat. Ich habe nichts damit zu tun, dass die Zeit vergeht. Übung habe ich keine darin, aber ich werde es genau richtig machen. Das Zehnersystem wundert mich heute nicht. Ich höre leise Geräusche von einem italienischen Fernsehkrimi aus dem unteren Geschoss. Ich höre das hohle Rauschen der Wasserleitungen. Die Vögel auf dem Baum der Nachbarn im Schein der Straßenlaterne. Vielleicht sind es zwölf. Es sind elf. So faul bin ich jetzt, habe keine Lust, die Streben in der Balkonbrüstung am Haus gegenüber zu zählen. Zwei, vier, sechs, acht, zehn, zwölf, es klingelt. Das seltene Geräusch der Haustürglocke.

Ich pfeife mein Lieblingslied von den Beatles, gehe vorbei an den Zeitungsstapeln im Gang, bleibe unter meiner Kapitänsmütze an der Garderobe stehen und spähe durch die Linse in der Wohnungstür, die man leichthin *Spion* nennt. Mein Besuch trägt einen hellgrauen Pullover. Er sieht zu Boden, ich kann sein Gesicht nicht gut erkennen und halte die Luft an. Soll ich öffnen? Ich könnte ihn hereinbitten und kennenlernen. Was will er von mir? Ist er gefährlich? Auch er scheint nicht mehr zu atmen, sein Körper ist rundlich verzerrt und bewegt sich nicht. Ich atme leise aus. Er verschwindet, weil er sich bückt, und etwas raschelt da unten. Dann sehe ich ihn wieder, wie er sich umdreht und zur Treppe geht. Ich höre seine Schritte auf den alten Stiegen, acht auf jeder Halbetage. Schon bei sechzehn öffne ich leise die Tür.

Auf meiner Fußmatte steht eine Flasche Wein, daneben liegt ein graues Schächtelchen und ein Briefumschlag. Warten Sie, denke ich und höre nur das Geräusch der sich schließenden Eingangstür. Soll ich hinterher? Was ist meine Rolle in dieser Szene? Ich nehme die Sachen hastig an mich und laufe in die Küche. Unten vor dem Fenster wartet die Stadt darauf, dass etwas passiert. Ein Mann überquert die Straße hin zur Tramhaltestelle. Ich schaue hinaus, die Flasche, das Schächtelchen und den Briefumschlag in beiden Händen. Etwas rutscht in dem kleinen Karton raschelnd herum, es müssen sehr viele kleine Dinge darin sein. Ich stelle ihn und die Weinflasche auf den Tisch neben die Landschaft, setze mich auf den Stuhl davor, öffne den Umschlag: Es ist Hotelbriefpapier, ein kleines gefaltetes Bündel A4-Blätter, zwei-vier-sechs-acht, genau acht Blätter. Sie sind eng mit kugelschreiberblauer Handschrift beschrieben, fiebrig wie von einem Apotheker:

Sehr geehrter Herr Trost!
Ein Kellner des Panoramarestaurants war so freundlich, mir ein paar Bögen Briefpapier zu überlassen. Dort haben Sie heute Ihren Nachmittagskaffee getrunken, einen doppelten Espresso ohne Zucker. Ich hatte einen Latte macchi-

ato. Wie ein Geheimnis sah es aus. Sie haben niemanden getroffen, nichts schien Sie zu veranlassen, dort zu sein.

Ich habe Sie den ganzen Tag beobachtet, begleitet durch alle Straßen, Geschäfte, Orte. Sie waren mein erster Kunde heute. Ich mag erste Kunden, sie bedeuten etwas. Aber Sie brachten mich in Verlegenheit, weil ich Ihnen nicht bieten konnte, wonach Sie verlangten, und Sie wirkten sehr enttäuscht, geradezu erschüttert. »Warum will man nur immer so nah an die Menschen heran?« Die ganz kleinen Figuren, Maßstab 1:200, habe ich erst in der Schublade unter der Kasse gefunden, als Sie schon bezahlt und den Laden verlassen hatten. Ich wollte Ihnen nachlaufen, griff nach meiner Tasche und dem Schlüsselbund, sperrte die Ladentür zu und sah Sie an der Tramhaltestelle stehen, außer Hörweite vielleicht. Ich versuchte, Sie einzuholen, als gerade die Tram einfuhr, konnte nur noch knapp den hinteren Waggon erreichen, und von dort aus sah ich Sie im vorderen sitzen. Anstatt bei der nächsten Station nach vorne umzusteigen, um Ihnen die winzigen Figuren zu bringen, bin ich Ihnen auf Abstand durch die Stadt gefolgt, in meiner Hand das Schächtelchen, das ich beilege. Es ist mein Pfand, dachte ich, falls Sie mich entdeckten, gäbe ich es Ihnen. Aber Sie haben sich nie umgedreht, Sie haben mich nie angesehen, Sie haben mich allerdings geradewegs zu sich nach Hause geführt. Manchmal war ich nur wenige Meter hinter Ihnen, aber ich habe es versäumt, mich Ihnen rechtzeitig zu zeigen, und so bin ich bis jetzt bei Ihnen geblieben.

Bevor ich das Treppenhaus im Haus gegenüber Ihrer Wohnung fand, um bequem schauen zu können, saß ich eine Weile an der Tramhaltestelle. Von dort konnte ich Sie aus geeigneter Entfernung betrachten, Ihren Kopf, ganz klein, gerahmt vom Fenster. Vormittags sah ich Sie an einem Fenster im Erdgeschoss, als sich die Rollläden öffnen. Einmal gingen Sie zum Briefkasten.

Ich werde Ihnen das Schächtelchen mit den Figuren bringen und dazu eine Flasche Rotwein, die ich heute Mittag gekauft habe, als ich mit Ihnen im Supermarkt war. Beim Werbestand des Reisebüros sahen Sie sich die Kataloge für die Ferien an, auf der Wand hinter Ihnen klebte eine lebensgroße Palme. Sie ließen schließlich alle Prospekte liegen, nachdem Sie sie sortiert und zu ordentlichen Stapeln aufgeschichtet hatten, und gingen durchs Drehkreuz in den Selbstbedienungsbereich des Lebensmittelmarktes.

Ein gut gekleideter, gepflegter älterer Herr mit Manieren und einem geraden Gang. Die Schuhe schön sauber und aus Leder. Die Hose in der richtigen Länge, dunkelblau und mit flacher Bügelfalte. Ein Herr mit Brille und Hut über einem gelassenen Gesichtsausdruck. Wie jemand, der in einer Gartenmöbelreklame den lieben Opa spielt. Das Zittern Ihrer linken Hand fällt kaum auf, die Flecken am Kinn wirken verwegen. Sie gingen immer so, als wären Sie unterwegs zu jemandem. Oder als machten Sie Besorgungen. Vor dem Arzt waren Sie an der Uferpromenade, um sich eine ganze Weile auf einer Parkbank zu entspannen. Da waren viele Leute, ich konnte einmal ganz nah an Ihnen vorbeilaufen. Sie lasen nicht und schrieben nichts auf. Sie telefonierten nicht. Ihre Hände hielten keine Hun-

deleine, kein Brillenetui, nicht einmal die Finger Ihrer anderen Hand. Auf wen haben Sie da gewartet?

Beim Arzt dachte ich, Sie würden mich zur Rede stellen, aber Sie fragten höflich und etwas verunsichert: Kennen wir uns? *Ich war erleichtert, dass unsere gemeinsame Reise durch die eigene Stadt noch nicht zu Ende war, und es war zu spät und nicht der richtige Ort, Ihnen alles zu erklären. Sie ließen von mir ab und warteten geduldig auf Ihren Termin, ohne in den ausliegenden Magazinen zu lesen. Jetzt war ich sicher, dass Sie keine Eile hatten, nach Hause zu kommen.*

Unterwegs sahen Sie andächtig und aufrecht in alle Schaufenster, standen lange Zeit vor einem Friseurladen. Sie haben sich an einem Schönheitsstudio sattgesehen und an einem Zeitungskiosk, an dem Sie nichts kauften. Danach saßen Sie lange am Hauptbahnhof am Gleis neben einem Fernzug, ohne jemanden in Empfang zu nehmen oder selbst einzusteigen.

Ich bin mein eigener Chef. Ich bin unabhängig und fleißig, ich bin allein und kann mir leisten, manche Tage so zu verbringen, wie es mir passt. Manchmal folge ich einem Impuls, dann schließe ich spontan den Laden zu, um etwas Neues zu erleben. Einmal habe ich eine Reise gemacht, weil ich die Abkürzung durch die Bahnhofshalle genommen habe. Auf einem Zug stand Wien, *und ich war noch nie in Wien gewesen, ich durfte ihn nicht verpassen. Während der gesamten Fahrt fühlte ich mich mutig wie ein schwänzender Schuljunge. Nach Stunden unter Leuten, die Gründe hatten, nach Wien zu kommen, brach-*

te mich der Taxifahrer zum Riesenrad. Schließlich fuhr ich mit dem Nachtzug wieder zurück und hatte den ganzen Tag nur Kaffee und Kleingebäck zu mir genommen. Niemand hatte meine Abwesenheit bemerkt, die wenige Kundschaft kommt einfach am nächsten Tag wieder. Modellbauer haben Zeit.

Ich habe immer mit, was ich brauche, heute habe ich aus Versehen einen Teleskopregenschirm dabei. Aber dieser Frühling ist so warm, dass die Ersten schon ihre Sommerkleidung tragen, Sandalen und Sonnenbrillen. Nicht Sie. Sie tragen, was sich für diese Jahreszeit schickt. Ihnen muss heiß gewesen sein unter dem Jackett. Oft passierte gar nichts. Eine schwarze Katze ging vor dem Haus vorbei, aber ich hatte vergessen, von welcher Seite sie Glück bringt, und habe es als gutes Zeichen gedeutet. Einmal verschwanden zwei Frauen im Hauseingang Ihres Wohnhauses, in dieser Lage nicht selbstverständlich. Immerhin leben da noch Leute, wenn auch alte. Ich bin bald in Rente und vielleicht fünf Jahre jünger als Sie, aber Sie sehen mindestens fünfzehn Jahre besser aus als ich. Deshalb wirken Sie auch wie jemand, der zur Arbeit geht. Nichts an Ihrer Erscheinung lässt vermuten, dass Sie ziellos herumfahren, um niemanden zu treffen und mit niemandem zu reden. Dabei wirken Sie vollkommen ausgeglichen und am richtigen Platz. Keine heißwangige Irrfahrt durch die Labyrinthe der Stadt und der Seele, um sich abzulenken von der Welt, sondern wie jemand, erfahren und vertrauenerweckend, der zur nächsten Generalvollversammlung des Kinderhilfswerks unterwegs ist. Ich weiß nicht mehr, wann ich entschieden habe, Ihnen so lange zu folgen, bis ich sicher sein konnte, dass Sie allein sind.

Gegen Abend saßen Sie lange am Fenster und schauten den Jungs auf der Parkbank zu. Ich sah zu, wie Sie dabei zusahen, wie sie zweieinhalb Halbliterdosen Bier leerten. Woran dachten Sie? Lauschten Sie den Vogelstimmen? Wo waren Sie zu Mittag, als Sie aus der Küche verschwanden? Zu welchem Raum waren die Jalousien verschlossen? Unter Ihnen stand den ganzen Tag das Küchenfenster des Nachbarn offen, der lange in einem niedrigen Stuhl zu schlafen schien, ich sah ihn nur von hinten, er trug Glatze. Die Artenvielfalt an Vögeln hier ist groß.

Ich wollte schon früher bei Ihnen klingeln, vorhin, kurz vor acht stand ich unten vor dem Klingelschild. Ich wollte mich Ihnen vorstellen, und wagte es nicht. Kurz darauf eilten Sie aus dem Haus, in die Richtung des kleinen Platzes und dort an der Ecke in die Bar. Ich war Ihnen gefolgt, traute mich aber nicht gleich hinein. Ich stand draußen und bat ein, zwei andere Gäste um eine Zigarette. Ich habe seit zwanzig Jahren nicht geraucht, aber es schmeckte gut. Ein Teenager-Gefühl. Etwas Dummes, Verbotenes zu tun, durch eine schlierige Scheibe zu schauen, in den Innenraum einer Bar, mit ein paar fremden Typen und hinter der Theke eine junge Frau, die meine Tochter hätte sein können. Es ist ein großer Gastraum, ich kann hier am Tischchen sitzen mit einem Kaffee und Ihnen schreiben, Sie mit dem Rücken zu mir. Sie haben bezahlt. Ich muss los.

Einundzwanzig Uhr fünfzig

Ich falte den Brief wieder zusammen und stecke ihn in mein Jackett. Finde den Flaschenöffner neben dem anderen Werkzeug und der reglosen Landschaft auf dem Tisch, entkorke den Rotwein, schenke mir ein und stelle das halbvolle Glas ins frühlingsgrüne Tal.

Danke
Hans Werner Röschlau, Manuela Waeber, David
Zürcher, Marc Koralnik, Günther Eisenhuber, Lukas
Bärfuss, Stefan Humbel, Gisela Henschke, Nadja
Niemann, Mathias Zuppiger, Arja Karhumaa, Leonhard Hoefter, Markus Kummer, Gitti, Tim & Kirsten,
Frans, Karin, Reinhard & Ricarda, Heidi & Schorsch.
Unterstützt durch Kultur Stadt Bern und Kultur
Kanton Bern.

Kultur
Stadt Bern

Kultur Kanton Bern